JN131330

ユキナ
攻撃魔法を
得意とする賢者
アルス
最強の
付与魔法使い

セリア
勇者志望の
美少女戦士で剣聖
ニーナ
妹を探す
エルフの少女

C O N T E N T S

TSUIHOU SARETA
FUYOMAHOU
TSUKAI NO NARIAGARI

追放された付与魔法使いの成り上がり2

～勇者パーティを陰から支えていたと知らなかったので戻って来い？【剣聖】と【賢者】の美少女たちに囲まれて幸せなので戻りません～

蒼月浩二

BRAVENOVEL
ブレイブ文庫

前巻までのあらすじ

『経験値泥棒』と罵られ、勇者パーティからクビを宣告された『付与魔術師』、アルス・フォルレーゼは、凄惨な少年時代の経験から魔王・魔族討伐の野望を諦めず、冒険者に転身した。

仲間たちからパーティのお荷物と思われていたアルスだったが、実は世界最高峰の付与魔法でパーティを陰から支えていた。

実情を理解できていなかった勇者パーティは、この後、自らの愚行を後悔することになる。

冒険者ギルドの試験の途中で出会った『剣聖』の金髪碧眼の美少女、セリア・ランジュエットと成り行きでパーティを結成することになり、アルスはパーティ名を『インフィニティ』と名付けた。

その後、ドワーフ族の名工ガイルに特別な剣を打ってもらうべく、剣に必要な最強の素材『精霊石』を求めて『精霊の森』を探索することに。

アルスはそこで精霊の少女、シルフィと出会う。

その後、『賢者』の銀髪美少女、ユキナ・リブレントを仲間に加え、三人＋シルフィのパーティになった。

パーティの戦力を底上げするべく、セリアとユキナに指導するアルスだったが、二人の成長速度とセンスは驚きの連続だった。

二人とも、この世界では稀有なユニークジョブの所持者であり、ポテンシャルを秘めていることはアルスも理解していたが、それだけでは説明がつかないほどに優秀だったのだ。

順調に依頼をこなし、成長を続けていたある日。

拠点にしていたメイル王国領ベルガルム村の中にゲリラダンジョンが出現した。

アルスは幼少期の因縁から、このゲリラダンジョンに並々ならぬ執念を燃やし、『犠牲者ゼロ』を約束してダンジョン攻略を目指す。

苦戦していた古巣の勇者パーティの危機を助けつつ、セリアやユキナと協力することでダンジョンボスを倒し、無事に村に平穏を取り戻すことに成功したのだった。

プロローグ

ベルガルム村のゲリラダンジョンでの一件から一週間後。

メイル王国の王宮では、謁見の間に四人の冒険者が集められていた。

シンと静まり緊張感漂う雰囲気。

玉座から四人を見下ろす白髭を貯えた国王、フロイス・メイルが口を開く。

「ガリウス・シェフィールド。フィーラ・フォレスト。マグエル・ブルッグ。セレス・アストレア。諸君ら四人に我がメイル王国における勇者の任を命ずる」

王の命を受けた四人は恭しく頭を垂れる。

これにて忠誠を誓うとともに、彼らは正式にメイル王国擁する『勇者パーティ』の身分を手にした。

国王フロイスが新たな勇者を発足しようと決意したのは、五日前のこと。

もともと、『勇者パーティ』は各国共同の出資により組織された世界唯一の存在だった。

しかし、かねてより『勇者パーティ』の弱体化が問題視されてもいた。

弱体化の原因は、長年魔王との戦闘が起こらない平和な時代を過ごす中での平和ボケである。

各国が対魔王を目的とした『勇者パーティ』への予算を削減し、代わりに自国領土内の人的・金銭的リソースを増やした。

その結果、『勇者パーティ』は名誉職のような扱いになってしまった。

無論、国内のトップクラスでなければ勇者になれないのだが、最上位の冒険者は自身の能力と報酬の釣り合いが取れていない勇者を選ばないというのが実情だった。

この流れに追い打ちをかけたのが、六年前にアルスの住むメイル王国領アルヒエル村に突如出現したゲリラダンジョンだった。

この天災が人間の住む世界のどこにでも起こる可能性があることが知られた結果、多国籍軍である『勇者パーティ』へ投じられる資金は下降の一途を辿った。

直接的に被害を被ったメイル王国は、各国とは違い、対魔王を想定した戦力もゲリラダンジョン発生の原因を辿れば維持する必要があるとの立場を取っていた。

しかし、先日のゲリラダンジョンにおいて、『勇者パーティ』が居合わせていたというのに、まったく活躍することなく、別のパーティが攻略したとの知らせを受けた国王は考えを改めた。

もはや、これでは魔王軍と戦う以前の問題。

もう、多国籍軍という形での『勇者パーティ』は必要ない。

これからは、メイル王国が独自で新たな『勇者パーティ』を組織しよう――そのように考え至った。

こうして、新たな勇者として集められたのがガリウスたち四人の冒険者である。

この四人は王都を拠点にして活動していたため、すぐに召集することができた。

「ところで、パーティリーダーについてだが……」

フロイス国王の言葉に耳をピクッとさせた金髪の剣士ガリウスが、すかさず口を開く。

「私にお任せください」

「……む？」

「前所属のパーティではリーダーをしておりました。統率力には自信があります」

「いや、実はパーティリーダーはもう決めておるのだ。ここに居合わせていないが」

新勇者たちの間にどよめきが起こった。

パーティリーダーを既に決めていたことではなく、四人の他にも勇者がまだいるということに。

「なっ……し、失礼しました。それでは、リーダーは誰に……？」

動揺するガリウスとは対照的に、フロイスは髭を引っ張りながら楽しそうに答える。

「アルス・フォルレーゼだ」

「アルス……というと、連合勇者パーティの『付与魔術師』……でしょうか？」

「ああ。まだ公表していないが、彼の力で件のゲリラダンジョンを攻略したと報告を受けている。ううむ……素晴らしい才能だ。彼こそ勇者パーティのリーダーに相応しい」

「さ、左様でございますか……」

ガリウスは拳をグッと握り、プルプルと震えていた。

国王の前ということで納得した反応を見せているが、内心ではまったく納得していない。

勇者パーティのリーダーは、パーティ内で絶対的な権力を持つ。

緊急時にパーティが瓦解しないよう、パーティメンバーはリーダーの命令に従わなければならない決まりがある。

（俺が、アルスとかいうガキの下だと？　冗談じゃねえぞ！　能力は俺のほうが優れているはずだ。俺がゲリラダンジョンに遭遇していれば今頃は俺が……！）

国王の決定に疑問を感じたのは、ガリウスだけではない。

赤髪赤目の妖艶な雰囲気の女魔法師、フィーラも同様だった。

「パーティリーダーはどこかのタイミングで交代することもあり得るのかしら？」

「今のところはそういったことは考えていないが、数年に一度は検討しても良いかもしれんな」

「……左様でございますか」

フィーラはさらに突っ込んだ質問まではすることなく引き下がった。

「数日後にはアルスが王都に到着し、合流する予定だ。それまでは各自待機しておいてくれ。本格的に動くまでにはもう少し時間がかかるだろう」

国王フロイスの言葉で今日は一旦お開きになり、四人の新勇者は謁見の間を離れた。

一人になったガリウスは、顔を歪めて、ふっと嗤う。

（リーダー交代が数年に一度だと!?　とんでもねえ話だ。アルス・フォルレーゼ……どんな奴だか知らないが、ぶっ殺してやる！）

アルスさえいなければ、優れた能力を持つ自分がパーティリーダーに選ばれるはず——そのような安直な理由だった。

（でも、俺が直接動いて証拠が残るとマズいな。……正々堂々戦う必要はない、どんなに強い冒険者でも、不意を狙われれば弱い。よし……暗殺者を使うとするか）

ガリウスは、これから王都にやってくるアルスの不意を狙う計画を立てたのだった。

第一章　反省

ベルガルム村に出現したゲリラダンジョンの騒動から三日後。

連日宴が執り行われ、村を救った英雄として俺たちは担ぎ上げられた。

感謝されるのは嬉しいのだが、村のどこに行っても注目されるので、さすがに疲れた。

「おおっ……英雄様のお通りだ！」

「ああ……神々しい！」

「村を救ってくれてありがとう！」

冒険者ギルドに向かって歩いているだけで、村人がこの反応である。

これも有名税だろうということで、声を掛けられるたびに笑顔を作って手を振っている。

「アルス、ちょっと疲れてない？　大丈夫？」

心配の言葉をかけてくれたのはユキナだが、セリアも気にしてくれているのが伝わってくる。

「大丈夫。こんな経験初めてだったから、慣れてないだけだよ」

「ならいいんだけど」

そんな会話をしながら、冒険者ギルドの中へ。

この三日間、冒険者としての仕事は休んでいたのが、今日はどういうわけかギルドのほうから呼び出しがあったため出向いたという形である。

「あっ、お待ちしておりました！」

いつもの受付嬢の姿が見えた。

「こちらへ」

「え？」

カウンターの方へ来た俺たちをさらに奥の場所に誘導する受付嬢。

「勇者アルス様宛の大事な手紙を預かっているので！」

ってあれ……？

はっきりとは言っていないのだが、いつの間にか俺が元勇者だったことバレてる？

まあ、もはや隠すようなことでもないし、別に気にすることでもないか……。

案内されたのは、ギルド職員以外立入禁止の部屋。

大量の書類が書架に収められている。

部屋の中心には三人ずつが向かい合って座れる長方形のテーブルスペースがあった。

「ここは？」

「我々職員が事務所として使っている場所です。冒険者の方の目に触れない場所なので少し散らかっていてお恥ずかしいですが……どうぞおかけください」

指示された通りに、俺たち三人は椅子に腰掛けた。

俺が真ん中に座り、俺を挟む形で左隣にセリア、右隣がユキナである。

基本的には整頓されているが、書類整理が追いつかずに散らかったままの場所もある。

俺たち冒険者を陰から支える現場。

知識としては知っていたが、直接見るのは新鮮だった。

……と、それはともかく。

他の冒険者が入らない場所にわざわざ連れてきたということは、何か特別な話があるのだろう。

受付嬢が向かい側の席に座ると、俺の前に一通の手紙を差し出した。

「昨日、王都からアルスさんたち宛に届いた手紙です」

王都とベルガルム村の間は迂回する必要があり、人が移動すると数日かかるのだが、伝書鳩を使った通信だと一日かからずに届く。

状況的に、俺たちが攻略したゲリラダンジョン関連のことだろうか。

「俺たちに？　誰から？」

「フロイス陛下です」

「国王から!?」

「内容は……？」

思わず、声が出てしまった。

「アルスさんにとって良い連絡だということは想像できますが、私どもも詳しく聞かされていないので……すみません」

当然といえば当然のことだが、手紙の封は切られていない。

自分で確認するしかなさそうだ。

俺は、やや緊張しながら封を切り、中の書類を確認する。

前半は、ゲリラダンジョン討伐に対するお褒めの言葉。

続いて、現状の勇者パーティを解散し、新たに勇者パーティを発足する旨が記されている。

そして、重要なのは最後。

「えっ、俺が勇者パーティのリーダーに……!?」

手紙には、新たに結成する勇者パーティのリーダーとして俺を指名すると書かれていた。

「大出世じゃないですか!?」

「きっと、ゲリラダンジョンの活躍が評価されたのね」

セリアとユキナの二人は大盛り上がりである。

「パパすご～い！　ゆうしゃ？　はわかんないけど偉い人なんだよね？」

精霊界から話を聞いていたシルフィも出てきて、パチパチと手を叩いていた。

「やはり……！　リーダーというのは少し驚きましたが、実績を考えれば納得ですね！」

ギルドの受付嬢は、新勇者パーティの発足とそれに関する事項については予想していたようだ。

「勇者パーティか……」

周りは皆、出世だと喜んでくれているが、俺の気持ちとしては微妙だった。

ナルドたち前勇者パーティでの苦い記憶が嫌でも蘇る。

「何か気になることでもございますか？」

俺の曇った感情を察したのか、受付嬢が尋ねてきた。

「指名って書いてあるけど、これって断れるのかなって」

「え？　リーダーをということですか？」

「いや、勇者になること自体を」

俺がそう答えると、受付嬢は驚いたようだった。

「じ、辞退されるということですか!?　……な、なるほど。ど、どうなのでしょうか……陛下の勅令を断るというのは前代未聞です。私……というかギルドとしてもなんとも……」

断ることは想定されていなかったようだ。

しかし、俺の目標が魔王の討伐であり、今の俺にとっては勇者パーティに属することはむしろ遠回りになると感じている。

俺には、名誉など必要ないのだ。

……どうしたものか。

「も、勿体ないですよ！」

「そうよ！　どうして断るの？　意味がわからないわ」

セリアとユキナからも猛ツッコミを受けてしまう。

「パーティを作ったばかりだろ？　急に勇者とか言われても困るっていうか……」

「そんなの気にする必要ないですよ!?」

うーん、意図が伝わっていない気がするな。

二人とのパーティを解消すること自体も嫌なのだが、理由は別にある。

「セリアさんとユキナさんも一緒に加入する方向で相談してみてはいかがでしょう。実際、お三方で攻略されたわけですし、きっと理解を得られるかと——」

「違う。そうじゃないんだ」

一旦受付嬢の言葉を遮った後、俺の考えを説明する。

「他の勇者がどれほど強いのかわからないが、セリアやユキナほどのポテンシャルがあるとは思えない。下手に人数を増やすよりも、まとまってる今のままのほうがいい。無理に俺たちに合わせれば、最悪死ぬことになる。そうはさせたくない」

この世界には、乗り越えられない壁もある。

『剣聖』と『賢者』は、どちらもユニークジョブと呼ばれる特別な職業だ。

二人は俺と行動を共にするようになってから、驚異的なスピードで成長を繰り返している。

他の勇者が一歩進む間に、二人は十歩でも百歩でも先に進んでしまうのだ。

パーティの構成員には、突き抜けた強さを持つ者も必要だが、同時に目立って弱いメンバーがいないことも重要だ。

他の勇者の底上げをするにしても、限界がある。

足手纏い……とまでは言わないにしても、パーティのバランスが上手く取れないまでに能力格差があるのは深刻な問題だ。

俺たち三人に無理やり合わせるよう求めれば、無為な犠牲が生まれるかもしれない。

「アルスさんの仰ることもわかります。しかし、それでも断るというのは……」

なんとも言えない表情で言葉を濁す受付嬢。

国王からの指名が、実質的な命令に等しいことは俺も理解している。

「王都には行くよ。一旦断ってみて、反応を見ることにする」

「そ、そうですか……確かにそれなら……」

何か言いたげだったが、これくらいなら問題なさそうだ。

「私どもとしては、アルスさんたちにご恩を感じています。できる範囲のことがあれば、なんでもご相談ください。それでは、ご武運を」

こうして俺たちはフロイス国王からの手紙を受け取った後、冒険者ギルドを後にした。

◇

冒険者ギルドを出た後、見覚えのある顔ぶれと遭遇した。

俺の古巣である勇者パーティだ。

正確には、遭遇した……というより、俺たちの用件が終わるのを待っていたらしい。

俺の前に緊張した面持ちのナルドが出てきた。

「アルス……時間は取らせない。少し話をさせてくれ」

「……なんだ？」

ナルドたちとは、ゲリラダンジョンの中で俺たちが危ないところを助けて以来だ。

怪我の治療のため外で見かけることはなかっただけで、村にまだいることは知っていた。

直前には謎の勇者マウントがあったりなどで微妙に気まずいのだが、どうも表情を見ていると、俺以上にナルドたちのほうが気にしているようだ。

「アルス、悪かった！」

「え？」

何を言い出すのかと思えば、ナルドは頭を下げ、俺に謝罪したのだった。

あのプライドの高いナルドがどうして？

いや……その前に何に対しての謝罪なんだ？　パーティを追い出したことか？　追い出した後の謎の上から目線発言か？　そもそれも俺の知らない何かなのか？　思い当たることが多すぎて、どれに対して謝罪されているのか見当がつかない。

「この通りだ！」

ナルドが膝をつき、頭を地面にこすりつける。

——いわゆる、土下座の格好だ。

新加入の付与魔法師であるレオン以外の五人もナルドに続いた。

「い、いや……ちょっと、やめろよ。こんなところで……」

冒険者ギルドの前ということもあり、ここはそれなりに人通りがある場所である。

てしまいかねない。

「と、とりあえず頭を上げてくれ。まずは事情を聞こう。どうして、突然頭を下げたんだ？」

俺の言葉を受けて、一旦顔を上げるナルドたち。

世界一プライドの高いナルドが頭を下げるばかりか、土下座までするとは。

きっと何か、裏があるはずだ。

――と、思ったのだが、返ってきた言葉は意外なものだった。

「ゲリラダンジョンで俺たちはお前に命を救われた。あれだけ酷い扱いをしちまったのに……。お前が村を出る前に、どうしても一言謝っておきたかったんだ。そして、どうしても伝えたかったんだ。今まで、ずっと……ありがとうってな……」

「いや、そんなの別に……」

う～ん、反応に困るな。

犠牲者ゼロにこだわったのは、俺のエゴであって、元仲間だから助けたわけではない。

それに、俺は勇者パーティ時代からずっとパーティを陰から支え続けていた。

むしろこっちのほうを理解してほしかったのだが――

「俺は、ずっとアルスが強いことを知ってたんだ」

「え？」

「普通に考えて、アルスがパーティに入ってから、それまでと比べ物にならないペースで成長するなんて、何かあるって考えるのが当たり前だろ？」

「まあ、そりゃそうだが」

いったい、どういうことだ？

これまでずっと俺の能力に気付いてなかったんじゃないのか？

気付いていたのに、俺を追い出したのでは意味がわからない。

「お、俺は怖かったんだよ。年下なのに才能に溢れ、一人でパーティを変えちまうアルスが！　このままじゃ、パーティリーダーの座を奪われちまうって気付いちまったんだ」

「そ、そんなの今まで……」

「言うわけないだろ！　俺は、アルスが自分の力を誇示しないのをいいことに、手柄を横取りして、己を強く見せかけてたんだ。そして、仲間と自分自身に嘘をつき続けてたら、いつの間にか勘違いしちまったんだ。実は、アルスの力じゃなく俺は本当に強くなったんじゃないか？　ってな」

ナルドが嘘をついているようには感じられない。

というか、ずっと冒険を共にしていた元仲間だからわかる。

こいつはあまり嘘が上手くない。

「……それで、追い出しても変わらずやれると思ったってことか？」

「ああ……そうだ。だが、いくら偽りの俺を信じていても、魔物と戦えば嫌でも素の俺が大したことないことなんてわかっちまう。アルスを追い出した後も偽りの俺にとって都合の良い捉え方ばかりでずっと逃げてきたが、アルスに助けられてようやく目覚めたんだ」

ナルドの告白の後、他のメンバーも口々に告白する。

まずは、『魔法師』のカイル。

「実を言うと、僕もアルスの力を認められなかったんだ。悪いのはナルドだけじゃない。僕はナルドの言葉を都合よく解釈して、アルスが不要だと思い込もうとしたんだ。本当に、悪かった」

次に、『回復術師』のクレイナ。

「私は、付与魔法自体もだけど、アルスが前線でどれだけ貢献してたのかわかってなかった。当たり前だと思ってたことが当たり前じゃなくなって、初めてアルスの偉大さに気付いたわ。パーティを俯瞰して見なくちゃいけない回復術師として情けない限りよ」

次に、『弓術師』のノア。

「俺はずっとアルスを妬んでたんだ。アルスも知ってる通り、俺はパーティの中で序列が低かった。新人として俺より下の序列で入ってきたお前がいることで、俺は安心したんだ。だが、日に日に強くなっていって、俺は嫌でもまた一番下に落ちたのがわかった。お前を追い出して、別の新人を入れたかった。俺はずっと自分のことしか考えてなかったんだ。アルスには本当に申し訳ないことをした。……本当に悪かった」

次に、『双剣士』のグレイス。

「ご、ごめんね？　なんか私、バカだから……みんながアルスは弱いって言うから、そうなのかなって思って……変だと思われたくなくて、みんなに合わせてた。アルスは一人でもずっと頑張ってて、いつの間にか手の届かないところに行って、本当にすごいよ……」

そして、最後に『戦士』のガレス。

「俺は、支援職……身体張らない奴を内心見下してたんだ。それで、アルスのすごさに全然気づけなかった。剣を使わなくてもできることがあるって、お前が去ってからようやく気付けた。経験値泥棒呼ばわりして、本当にすまなかった……」

六人全員がそれぞれの形で本音を交えて俺への謝罪の言葉を口にしたのだった。

「お前ら……」

一度は裏切られたとはいえ、ずっと寝食を共にしてきた仲間。

許す、許さないは別としても、恥を忍んで本音を曝け出し、頭を下げてきたことに何も感じないわけがなかった。

俺は、ずっと自分がパーティに貢献してきたことを認めてもらいたかったのかもしれない。

俺は、勇者パーティを両親の敵討ちのため魔王を倒すため利用しているだけのつもりだった。

だから、自分から成果をアピールするようなことはしなかった。

パーティを追い出される直前も、どこか冷めていたから弁解しなかったのかもしれない。

どう言葉を返すか悩んでいたところ、新加入の付与魔法師、レオンが俺の前に出てきた。

「アルスさん、僕は同じ付与魔法の使い手としてあなたを尊敬しています。話を聞いているだけでもすごい方だと思っていました。本音を言うと目の前で見るまで疑ってもいましたが……」

「ま、まあ……俺の付与魔法は普通と違うからな」

「実は、ナルドさんたちがアルスさんに何かお詫びをしたいと言っていて……」

「お詫び？」

「はい。それで、どうお詫びするか悩んでいたので僕から提案したんです。──ナルドさん」

レオンに名前を呼ばれたナルドが俺の前に出てきた。

「今更、許してくれなんて言えねえ。だが、せめてこれまでの労を労わせてくれ。そこでアルス、退職金を受け取ってくれないか？」

「退職金？」

名前は聞いたことがある。

一部の冒険者のパーティでは、長年パーティに貢献した冒険者に金銭の形で特別な報酬を出す決まりがあるそうだ。

あまり一般的ではないが、目に見える形で感謝を示す方法があると、俺は知識としては知っていた。

相場は一〇〇万ジュエル。

もらえるものはもらっておいたほうが得ではあるが……気が進まないな。

「すまないが、その提案は受けられない。さっきの言葉だけで俺は十分だし、それに、勇者パーティは解散するんだろ？　そんな余裕はないはずだ」

俺がそう答えると、ナルドは特に態度を変えることもなく、頭をポリポリと掻いた。

「アルスならそう答えると思ったよ。確かに、勇者パーティは解散することになった。けど、まだそのくらいの余裕はある」

ナルドは俺の目をジッと見て言葉を続けた。

「辞退するなら、代わりに依頼を受けてくれないか？」

「依頼？」

「俺たちは、ゲリラダンジョンの件で王都へ報告に行かなくちゃいけない。アルスもちょうど王都へ向かうだろう。ついでって言うのもアレだが……護衛を頼みたいんだ」

「王都くらい俺がいなくても……」

「アルスが護衛をしてくれるなら、『魔の森』を抜けられる。アルスは俺たちだけで、魔の森を抜けられると思うか？」

「……ちょっと厳しいな」

『魔の森』――正式には『ベルガルム森林』と呼ばれる森は、俺がまだ勇者だったときに、ここベルガルム村に来たときのルートだ。

ここを通れば最短距離で到着する反面、かなり敵が強く勇者パーティといえども俺がいなければ不測の事態に対応できない可能性がある。

とはいえ、王都への道はこのルートだけではない。

数日の遠回りにはなるが、安全に王都まで移動する道を使えば良いだけの話。

「と言っても、他の道を使えば……」

「頼む！　この通りだ！　俺たちは最短で王都に行きたいんだ！」

ナルドは、両手を合わせてお願いしてくる。

会話の流れ的に退職金を渡したい思惑に名目をつけているのは明らかである。

護衛をするとなると、少なくとも二日間は一緒に過ごすことになる。

確かに追放はされたが、他に何か取り返しのつかない被害があったわけではなかった。

俺としては、この雰囲気ならもう特に気まずいことはないような気がしてくる。

どうせ王都へは移動するわけだし、この名目なら、無下にするのも違うような気がする……

と心が動きそうになったその時。

「アルスさえ良ければですけど、受けてもいいんじゃないですか？」

「そうよね。一〇〇万ジュエルって結構大きいし」

「まあ、そうだな」

セリアとユキナの意見に背中を押される形で、俺はナルドの依頼を受けることに決めた。

「本当か!?　良かった！　よろしく頼むぜ！」

俺の手を握り、笑顔を咲かせるナルド。

「アルスとの最後の旅、良い形で終わりたいね」

「アルスがいてくれるなら、『魔の森』も安心できるわ」

「そうこなくっちゃな！」

もともと、俺が退職金の提案を断るのは織り込み済みだったらしい。

まったく、してやられたな。

第二章　王都への道

翌日の朝九時。

俺たち『インフィニティ』は、勇者パーティから護衛依頼を受ける形で村を出発した。

「ふふ、パパの頭にお花！」

目新しい景色にシルフィも上機嫌である。

なお、既にナルドたちにはシルフィが精霊であることについては話してある。

かなり驚いていたが、『アルスならあり得る』などとなぜかすぐに納得していた。

どういうことだろうか……？

さて、早速昨日の今日で村を出たわけだが、さすがに今日中には着かない。

そのため、どこかで野営をする必要がある。到着は明日になりそうだ。

昨日のうちにギルドから王都に伝書鳩を飛ばしてもらい、フロイス国王には明日に到着する予定である旨を伝えている。

王都に着いたらスムーズに本題に入れるだろう。

「そういえば、勇者パーティが解散した後はどうするんだ？」

魔の森までの移動中。

少し気になっていたことをナルドに尋ねた。

「ん、これまでと変わらずこのメンツでやるつもりだよ。幸いなのか不幸なのかわかんねーけど、新勇者として召集されたメンバーはいないしな」

「冒険者に転職するってことか？」

「ああ。勇者じゃなくなっても、俺たちがやることは変わらねえ」

「……そうだったな」

勇者パーティの勇者は、全員が魔王を倒すという意志を持っている。

というのも、金や権力が欲しいのなら、冒険者になるなり宮廷騎士団に入るほうが楽で確実だからだ。

魔王討伐を目指す『勇者』に固執する理由を各々持っている。

勇者じゃなくなったとしても、そう簡単に諦められるものではない。

「そういや、アルスには話してなかったっけか。俺が勇者を目指した理由」

「ああ、聞いたことなかったな」

俺の反応を見て、ハッとした表情になるナルド。

「そうか……口に出すのは久しぶりか。権力欲に溺れて、しばらく目的すら見失ってたらしい。まったく、俺としたことが……」

そのように呟いた後、ナルドは隣の俺にだけ聞こえる声で話し始めた。

「俺には、七歳上の姉がいたんだ。優しくて強い冒険者だった」

過去形……。

なんとなく、これだけで察してしまった。

「聞いた話では、冒険中に魔王軍の幹部に殺されちまったらしい。本当かどうか今じゃもうわかんねーけど、当時は『じゃあ、そいつをぶっ殺してやるよ』って思ってな。魔王軍の幹部ってことは、魔王を追ってりゃあいつか戦う機会が来ると思ったんだ」

「……なるほどな」

「晴れて勇者になり、いつの間にかリーダーにまでなったが、ここ十年はあいつらまったく動きすらも見せねえ。手がかりゼロだ。……けど、いつか尻尾を掴んでこの手で仇を取ってやる。よくよく考えりゃ、同じ志の仲間さえいりゃあ、勇者なんて身分は元々いらなかったんだ」

俺との目的の違いはあるが、ナルドも目指す先は同じだったようだ。

確かに、昔のナルドは今のような感じだった気がする。

勇者パーティ解散という状況の変化が彼を再び目覚めさせたのだろうか。

ともかく、前向きに捉えられているのは良かった。

「そんなこと話してる間に、着いたぜ。魔の森」

ここからは、道が二つに分かれている。

どちらも、王都へ繋がる道になっているが、一方は商人や一般的な冒険者が頻繁に使う比較的安全なルート。

そして、もう一方の森の中を直通する最短ルートが、これから俺たちが使う道だ。

濃い魔力に溢れ、草木がうっそうと茂る魔の森。

道があるとは言っても、魔の森の入り口までしか繋がっていない。

当然道と呼べるような道はないので、移動するだけでも大変だ。

「行こう」

俺が先陣を切る形で森の中に入った。

「セリアとユキナは初めてここを通るんだったな？」

「はい！」

「ええ」

「じゃあ、説明しておかないとな」

森の中では視界が狭くなるため、常に警戒を怠ってはいけないのは常識。

そのうえで、『ベルガルム森林』ではいっそうの注意が必要となる。

「この森では、突然魔物が飛び出してくることがあるんだが――」

「きゃっ！」

「ちょ、どういうこと!?」

話の途中で、ちょうど魔物が乱入してきた。

死角である頭上から突然降ってくる形で現れたのは、ケルベロスだった。

三つの頭を持つ外見が特徴の魔物であり、ウルフのような獰猛な爪と牙を持っている。

しっかり対策を立ててから戦ってもなかなか手強い魔物なのだが、それが急に現れるとなると、圧倒的な力か、あるいは的確な判断能力が求められる。

セリアとユキナは十分な力があるので、一匹なら特に心配する必要はないだろう。

「やあっ！」

「良い度胸ね！」

セリアが剣でケルベロスの頭を一つ斬り落としたかと思えば、次の瞬間にはユキナが魔法で二つ同時に吹き飛ばす。

全ての頭を失ったケルベロスの心臓をセリアが剣で一突き。

これにて、危機は去った。

「ふう……びっくりしました」

セリアは、汗を拭ってホッとした表情を浮かべていた。

「それで、さっきの話の続きって？」

状況が落ち着いたところで、ユキナが先ほどの話の続きを求めてきた。

「ああ。ここでは急に魔物が足音もなく近づいてくるから、五感以外での注意も必要だってことを言っておきたかったんだ。まあ、もう身をもって理解したと思うが……」

『ベルガルム森林』は、高濃度の魔力と、草木により音が吸収される。

そのためこのように直前まで魔物の存在に気付かないということが起こってしまうのだ。

これが『魔の森』と呼ばれる所以である。

「五感以外で注意ってどうすればいいのですか？」

セリアが俺の説明を受けて質問を投げてきた。

「簡単にできることとしては、足跡を見るとか、草が剥げた場所がないか確認するとか、そういう細かい場所をしっかり把握するって感じだな」

「なるほど……難しいです。アルスはすごいです……」

「普段から意識してないと、今日いきなりできることでもないわよね」

「まあ、できるに越したことはないんだが……俺の場合はちょっとした工夫で楽にしてるよ」

「工夫ですか？」

「ああ。『周辺探知』って言うんだが……」

『周辺探知』とは、意識的に薄く弱い魔力を広範囲に発散することで、魔力が衝突した陰影を把握し、人や魔物の影を把握する魔法である。

勇者パーティ時代に危機管理を鍛えるために付与魔法で何かできないか考えていたときに身に付けた能力である。

付与魔法の応用というアプローチから身に着けたが、仕組みとしては魔力を発散するだけなので、正確なコントロール技術は必要なものの、付与魔法自体は使えなくても問題ない。

「魔物の位置と種類が正確にわかる。北方二〇メートルの岩陰にウルフ、東方一〇メートルに大きめのトカゲ、西方五〇メートル上空にグリフォン、地中三メートル下にモグラ……みたいな感じかな」

脳内にマッピングされた座標をそのますらすらと答えただけなのだが――

「す、すっごいです！　ど、どうしてわかるんですか!?」

「何も見てないのに!?」

と、なぜかめちゃくちゃ驚かれてしまった。

「コツを掴めば簡単なんだよ。今日はとりあえずこういうスキルもあるんだってことを伝えておきたかった。二人にも近いうちに身につけてもらいたいからな」

一見すごそうに見える魔法だが、インパクトに対してそれほど難しい技術ではない。集中して取り組めば、一日でそこそこ使えるようにはなるだろう。

「あ、あのアルスさん！」

「ん？」

セリアとユキナへの説明を終えたタイミングで、『付与魔法師』のレオンに話しかけられた。

「僕でもそのスキル使って使えたりしますか!?」

「え？　ああ、練習すれば使えると思うぞ。教えておこうか？」

「お、お願いします！」

レオンはなかなか向上心が高いようだ。

こういうストイックなメンタルを持つ冒険者は嫌いじゃない。

付与魔法師は、俺を除いて基本的には攻撃職や回復術師などと比べると強化魔法(バフ)を掛け終えた後は活躍しづらい。

　普段から何かできないか考えていたのだろう。

「ちょっと休憩したいんだが、問題ないか？」

『依頼主』のパーティリーダーであるナルドに確認を取る。

「ああ、もちろんだ。頼む」

　快く了承を得られたことだし、早速始めるとしよう。

「まず、魔力をほんの少し広げる練習をしてみよう」

「えっと……？」

　いまいち俺の指示を理解できていないようだ。

「魔力を意識的に動かすことはできるか？」

「魔力って動かせるんですか……？」

「もちろんだ。まずはそこから始めよう」

　付与魔法師は、付与魔法を使う際に必ず魔力を使っている。

　つまり、これまでも無意識的に使っていたものを意識させるだけのことだ。

「『攻撃力強化』を自分に付与してみてくれ。その際に、身体の内側を通る魔力の流れに注目するんだ。堰止められないか、あるいは流れを変えられないか試してみよう」

「わ、わかりました」

　レオンは早速、付与魔法を自分自身に付与。

「あっ……なるほど、こういうことですか」

すぐに理解したようだ。

俺が説明するまで理解が不十分だったレオンだが、崩壊寸前だった組織とはいえ、正式に勇者として抜擢された冒険者。

なかなか優秀である。

……と言っても、ここまでは簡単だ。

「そういうことだ。魔力を動かせるようになったら、次は自分を中心に外に魔力を広げていくんだ。最初は狭い範囲でいい。何かに衝突したら感覚的にわかるはずだ。その衝突した部分から陰影を頭の中で繋げて、形を把握するんだ」

「なるほど……で、でもこれって魔法の常識から外れてませんか!?」

「ん？」

「普通、魔法っていうのは……付与魔法もそうですけど、魔力をいかに効率よく現象に変換するというものだったと思います。これは、魔力を使ってはいますが、別の何かに変わっているわけではありません。こんな使い方があったなんて……」

レオンは、かなり衝撃を受けている様子。

確かに、どの教科書にもこういったことは書かれていないのかもしれない。

少なくとも、俺が読んだ付与魔法の教科書には書かれていなかった。

「まあ、だから俺はこれを魔法とは呼んでいない。単なる技術だ」

「な、なるほど……そういうことなんですね」

魔法ならジョブによる適性があるが、魔力は全てのジョブが扱えるため、ジョブによる適性はない。

そういう意味で、誰でも使えるということだ。

「さて、やってみよう」

「はい！」

レオンは元気よく返事をした後、『周辺探知』を始めた。

「……むむ、これで……み、見えました！」

「多分それで完璧だよ。よくできたな」

ただ、これだけで終わるとあまり意味がない。

俺は、ちょっと意地悪をしてみることにした。

「あ、あれ……？　きゅ、急に見えなくなって……あれ？」

「モヤがかかったように見えなくなっただろ？」

「ど、どうしてわかるんですか!?　ま、まさかアルスさんが何かを!?」

「一応、『ジャミング』ってものがあることも知っておいたほうが良いと思ってな」

そう答えた後、俺はレオンへの妨害を止めて説明を始めた。

「これは、魔力を薄く広げて影を認識するスキルだ。逆に言えば、強い魔力に干渉されると、影が全てを埋め尽くしてよくわからなくなる」

「そういうことをしてくる魔物もいるということですか？」

「魔物では遭遇したことはないが、敵は魔物とは限らない」

「確かに、それはそうですね……」

勇者を狙う盗賊などと遭遇した経験はないが、大金を持っている冒険者を狙う盗賊もたまに報告されている。

真正面から戦えばほとんどの場合は冒険者が盗賊に負けることはない。

しかし、休憩中を襲われたり、魔物と戦っている間を狙われるなどのイレギュラーな状態を狙われれば結果が逆転することもあるのだ。

「気をつけます！」

これで、基本は全て教えた。

「後は精度を高めるだけだ。時間がかかるから俺がずっとついていてやることはできないが……一人でもできるな？」

「はい！　ありがとうございました！」

よし、これで問題ないだろう。

俺たちはこれにて休憩を終え、王都への歩みを再開した。

「いろいろあって抜けたパーティのメンバーを強くするなんて、アルスは優しいのですね」

「まあ、レオンに恨みはないし……それに、俺はもう気にしてないからな」

確かに、俺は不本意な形で勇者パーティを追放されたが、だからといってナルドたちに死んでほしいとまで思ったことはない。

『元仲間』とはなってしまったが、彼らと冒険した過去が消えるわけじゃないし、最初の頃の良くしてくれた記憶も俺の中には残っている。

今でも競争しているわけではなく、単にパーティが違うだけで目的を同じにする同志だし、レオンを強化することは最終的な目標に間接的に繋がることでもある。

むしろ、教えることで俺の中での知識の整理ができるので、更に強くなれる気さえする。

優しい……というより、俺は自己中を極めただけなのだ。

その後はたまに出てくる魔物を倒すのみで、大きな苦労をすることなく魔の森を抜けられた。

出てきたのは、強い夕日が差すだだっ広い平原。

この先に見える道なりに進めば、王都に着く。

ただし、まだ距離的には五〇キロ以上あるので、今日はこの辺で一休みして明日の朝から王都を目指すべきだろう。

「まさか、一人も怪我せず魔の森を抜けられるなんて……！」

回復術師のクレイナが安堵（あんど）すると同時に、驚嘆の声を上げていた。

確かに、俺たちがいなければかなり苦しい戦いになっていたことは想像できる。

俺が的確に魔物の位置を把握し、万全な状態でセリアとユキナによる理不尽と言うべき攻撃があったから何事もなく抜けられたのだ。

これは、決して当たり前のことではない。

回復術師のクレイナは、俺が抜けた後の勇者パーティを経験している。

立場上、最も差を感じているからこそこの言葉が出てきたのだろう。

「本当にアルスたちが来てくれて良かったわ。あらためてありがとう……って言わせて」

「まあ、建前上は依頼ってことになってるんだけど……どういたしまして」

俺はパーティを代表してそう答えたのだった。

「キャンプを作るぞ」

ナルドの言葉で、俺たちは今夜の寝場所の確保を始めた。

野営は、すぐ近くに魔物が潜んでいるため、襲われないよう対策する必要がある。

回復術師のクレイナと、双剣士のグレイスが薪をくべて焚火の準備を始めた。

同時に、魔法師のカイルが魔除けの白魔石を三箇所に置いている。

白魔石は、自然に取れる魔石を加工した魔道具である。

魔物が嫌がるとされる聖属性の魔力が設置された三点を結ぶ内側に充満するため、魔物が近づいて来づらくなる。

とはいえ限界もある。

例えばさっきまでいた魔の森の中の魔物のように強い魔物相手には効きづらいし、稀に白魔石が発する魔力への感受性が低い魔物もいる。

そのため、これはあくまでも補助的なものだ。

焚火も魔物は火を避けるため用意しているが、白魔石と同様に完璧ではない。

それに、敵は魔物とは限らない。

寝込みを狙う盗賊などにも注意しておく必要がある。

「見張りの順番を決めよう」

ナルドの一声で、俺と魔法師のカイル、弓術師のノア、戦士のガレス、付与魔法師のレオンの五人が集まる。

セリア、ユキナ、回復術師のクレイナ、双剣士のグレイスの四人は食事の準備に移っていた。

どうして男たち五人だけ集まったかと言えば、基本的に夜の見張りは、男が担当することになっているからだ。

理由は不明だが、そういう文化らしい。

女性だけのパーティや、男性が少ないパーティではその限りではないが。

「今夜は前半をカイルとノア、ガレスの三人に頼みたい。後半は俺とレオンとアルスが見張りをしよう……と思うが、問題ないな？」

反対意見が出なかったため、すぐに話はまとまった。

パーティのバランス的にもこれが無難だろう。

◇

その頃、アルスたち一行を王都の方面から監視していた三人の男たちがいた。

彼らは、ガリウスからアルス暗殺を請け負った暗殺者である。

全員が夜闇に隠れるかのように黒ずくめの衣装を纏っており、その見た目だけでもどこか不気味さが感じられる。

「まさか、本当に魔の森を抜けてくるとはな……」

「依頼主が作戦を提案してきたときはさすがに驚いたが、相当な手練れのようだな」

「久々に興奮するねえ～！」

彼らが依頼を受けたのは、あくまでもアルスの暗殺。

暗殺のプロとして、依頼されていない相手を殺すのは言語道断だ。

それゆえ、アルス一人を確実に殺せる状況の訪れをしばらく待っていた。

「夜の見張りは三人ずつ。ターゲットは……数時間後のようだな」

「狙うのは三人になったときか」

「そうだね」

三人になれば、一気に狙いやすくなる。

さらに夜の見張りは眠気もあり、気を抜くタイミングがあることを経験則的に暗殺者たちは知っていた。

「弓職のお前が弓で狙撃してくれ。念のため俺たち二人も近づいておく。失敗したときは任せろ」

リーダー格の暗殺者が指示を出し、他の二人が頷く。

そして、時が訪れるのを静かに待つのだった。

◇

「アルス、交代だぜ」

「……ん、ああ……わかった……」

食事の後、見張りの番が回ってくるまで先に俺たち三人は眠っていた。

交代を知らせに来てくれたガレスを労ってから、見張りに向かう。

なお、精霊のシルフィも夜は眠るらしく、小さな寝袋の中にくるまっている。

「ア、アルスさん何してるんですか⁉」

見張り中は警戒以外に特にすることがないので、俺は、とあるルーティンを心がけているのだが、俺の勇者パーティ時代を知らないレオンには奇妙に映ったようだ。

「ん？　筋トレ」

「なんで⁉　ていうか寝起きなのに元気ですね⁉」

「アルスはいつもこうなんだ。これで本当に強くなったんだからバカにできねえけどな」

俺の代わりにナルドが説明してくれた。

「そ、そうなんですか……アルスさんは本当にすごいですね」

「慣れれば平気だよ。レオンも一緒にやるか？」

「ぼ、僕は遠慮しときますよ……。疲れて動けなくなったら迷惑かけちゃいますし」

「そうか……」

即行で断られたことを残念に思いつつ、一人で筋トレを続ける。

地味な努力だが、毎日続けることで肉体の強化はもちろん、魔力の総量も増えるし頭の回転が速くなる気がする。

あと、精神的に落ち着く作用がある気もする。

疲れる以外には特にデメリットはないし、疲れに関しても毎日続ければ慣れて逆に心地よい感じになるのだが……これぱかりは経験しないとわからないのかもしれない。

「よし、これで終わり！」

一通りのメニューを終えた俺は、その場を立った。

「ちょっと向こう側も見てくる」

一箇所に止まったままの見張りでも十分だが、俺は念には念を入れて目視でも警戒を怠らないようにしている。

俺たち三人の他は眠っているので、万が一にも何かあるわけにはいかないのだ。

「ア、アルス！」

そんな俺に、なぜかナルドが焦った様子で声を掛けてきた。

「ん？　どう――」

尋ねようとした瞬間。

ザアアアアアアンッ！

俺に向かって腕を伸ばしたナルドの肩に、突如飛んできた矢が突き刺さってしまったのだった。

「え……？」

あまりに突然のことすぎて、理解ができなかった。

どこから飛んできた？　ナルドは俺を庇おうとして……ってことは、俺に向かって飛んできたのか？　いったい誰が？

大量の疑問符が浮かんでくるが、まずは怪我を負ってしまったナルドのことが最優先だ。

「がはっ！」

かなり矢が深くまで刺さっているようで、ナルドは苦しそうに血反吐を吐いていた。

「大丈夫か!?」

「ああ……こりゃもうダメだ」

「どうして……」

「お前が立った瞬間、キラっと何か光ったように見えたんだ。そしたら、身体が勝手に動いて……こうなった。無事で良かったぜ……」

その声は、どんどんか細くなっていく。

「アルス、最期に言わせてくれ。お前にした告白に何一つ嘘はない。……お前は、必ずビッグになる。……いや、もうなってるか。……そうじゃなくて、勇者になったからには、お前にも野望があったはずだ。お前なら必ず成し遂げられる。俺の分まで頼……」

「ナルド！　しっかりしろ！」

「ア、アルスさん！　僕、クレイナさんを呼んできます！」

「ひ……必要ない！」

回復術師のクレイナを呼びに行こうとしたレオンを、ナルドが大声で止めた。

「で、でも！」

「いいか、まだ敵はどこかにいる……それに、こりゃ完全に致命傷だ。がはっ！　回復魔法がどうとか、そういう次元じゃねえ。無駄だ……」

ナルドは、自分の状態を誰よりもよくわかっているようだ。

確かに、矢の長さと刺さった方向を見るに、内臓を貫通している。

会話ができているだけでも奇跡と言える状況。

だが……それでも俺の前で勝手に死なれちゃ困る。

「致命傷？　だからなんだよ、ナルド。俺が救ってやる」

そう言いながら、俺は思い切りナルドに刺さった矢を抜いた。

鮮血がドッと溢れ落ちる。

「やめてくれ……俺に希望を持たせ……って、痛くねえ！　治ってる！　はっ!?　どういうことだよこれ!?　幻覚か!?」

つい数秒前まで致命傷を負っていたナルドの傷は完全に消滅し、元の状態に戻っていた。貫通した衣服までがすっかり元通りになっている。

「付与魔法だ」

「は？」

「付与魔法の応用で、俺は特殊な回復魔法（ヒール）もできるんだ」

「なんでもありかよ!?」

「まあな」

驚いているところ悪いが、第一の優先順位であるナルドの治療を終えた今、俺は次に頭を切り替えている。

すなわち、犯人の確保だ。

まず、遠くから矢を放った弓術師を探す。

「……どういうことだ？」

『周辺探知』を使って影を探すが……見えない。

そもそも、弓で狙える程度の距離には魔力を伸ばし、常に警戒していた。

それなのに俺がまったく気づかなかった。

魔道具か何かで自動発射したのか？　いや、そうだとしたら俺を目掛けてピンポイントな場所に飛ばしてきたことの説明ができない。

それに、魔道具によるものだとすれば、魔道具が発する魔力を捕捉できるはずだ。

つまり、それ以外の方法……いや、落ち着け俺。

犯人を見つけるだけなら、綺麗でテクニカルな方法に拘る必要はない。

「確か、矢が飛んできた方向は……」

ナルドが討たれた方向と勢いから、おおよその発射位置を推測。

そして、付与魔法『視力強化』を使用。

この魔法を使えば、数キロメートル先までくっきり見えるようになる。

「……あいつか」

五〇〇メートルほど離れた岩の上。

弓を持ってこちらを見る黒ずくめの男を確認できた。

双眼鏡でこちらを覗いていたようだが、俺と目が合った瞬間にかなり慌てていたようなので一目でわかった。

あいつで間違いないだろう。

俺は、黒装束の男目掛けて弱めの『火球』を放つ。

死なれたら事情を聞けないため、行動不能にする程度でいいのだ。

ドオオオオン！

「ど、どうしたんだ!?　急に……」

ナルドが俺を二度見した。

説明なしで魔法を放ったため驚かせてしまったようだ。

「ナルドに矢を刺した犯人を見つけたんだ。よし、これで……ん!?」

ようやく犯人を仕留め、ホッとしたのも束の間だった。

一瞬、ガサッと草と衣服が擦れるような音が聞こえてきた。

隣のナルドとレオンには聞こえないレベルの微かな音だったが、俺は聞き逃さなかった。

さっきの弓術師と同様に、『魔力探知』では発見できなかった。

奴の仲間の可能性が考えられるため、こっちも確実に捕獲しておきたい。

俺は近くにあった石を拾い、五感を研ぎ澄ませる。

「そこだな！」

僅かな呼吸の音から正確に位置を割り出し、そこに向かって石を二つ投げた。

「うがっ」

「ああ……っ！」

悲痛な声を漏らす二人の男。

「弓術師の仲間か!?」

「そんなところにも隠れていたなんて！」

ナルドとレオンも流れからすぐに状況を把握したようだ。

「く、くそ……足の骨が砕けて動けねえ」

「やべえ案件に手出しちまったな……」

脂汗を垂らした黒ずくめの男が二人、這いながらも逃げようとしている。

当然、みすみす逃がすわけがない。

「ナルド、レオン。二人を捕らえてくれ」

「おう！　任せろ！」

「はい！」

二人が向かってくれたため、俺は先ほど魔法で吹き飛ばした男を確保することにする。

「ここまで来い」

俺は、付与魔法の応用により遠く離れた黒装束の男をフワッと浮かせ、俺のもとへ運んだ。

ドスン！

状況的に丁重に扱う必要はないので、手荒な形で地面に下ろした。

ようやくこれで三人確保だ。

いつの間にか、朝日が昇り始めている。

五感をフルに使って周りを警戒するが、どうやらこの三人以外には近くに誰もいない。

まだ警戒を解くことはできないが、ひとまずは安心だろう。

「さて、事情を聞かせてもらおうか」

俺は三人の男に近づき、尋問を始めた。

しかし、三人は頑なに口を開こうとしない。

「その身なりなら暗殺者ってところか？　誰に雇われた？　何が目的だ？　答えろ！」

「「「……」」」

ナルドが強い口調で問い詰めるも梨の礫である。

そうこうしているうちに、騒ぎにより目覚めたセリアやクレイナたち七人が集まってきた。

「ど、どういう状況なのですか!?」

「すごい音がしたと思えば、知らない人いるし……本当にどういうことなの？」

真っ先に俺のもとに来たセリアとユキナが疑問の声を上げる。

全員が集まったところで、俺は状況の情報共有をすることにした。

「実は……」

全ての説明を終えた頃には、朝日は完全に上っていた。

「なるほど……ふむふむ、そういうことだったのですね」

「……わからないということがよくわかったわ」

二人合わせて百点満点の反応を示したのは、セリアとユキナ。

すべてを説明した俺自身が状況を理解できていないので、俺の話を聞いた七人も事実以外に何が起こっているのか把握できないのは当然である。

「つまり、こいつらに吐かせればいいんだよね？」

双剣士のグレイスが不気味な笑顔を顔に浮かべながら、そのように発言した。

「まあ、そうなんだが……いくら聞いても答えないんだ。どうしたもんかな」

「私に任せてよ」

グレイスはそう言うと、短剣を舌で舐めた。

「大人しく答えなきゃ、どうしよっかな～？」

「えっと……まさか」

グレイスは、少しサディスティックな気質があるのだ。

何をしようとしているのか、なんとなくわかってしまう。

「もう、私……我慢できなくて。いいでしょ？　アルス……ね？」

下から俺を見上げて、うるうるした瞳を見せるグレイス。

まあ、命を狙った輩(やから)に対してなら、この方法も仕方ないか。

苦労して捕まえたのに、何も聞き出せないんじゃ意味がないしな。

「わかった。でも、絶対に殺すなよ」

「やった！　アルス優しい！　ありがと！」

果たして、俺は優しいのだろうか……。

そのようなことを頭の片隅で考えていると、グレイスによる拷問が始まった。

「うがあああああああ！」

「も、もうやめてくれ……あっあっあっあああああっ！」

「ひいいいいいいいいいいいっ！　許して！　許して！　許して！」

「あはははははっ！」

男たちの悲鳴をかき消すように、甲高いグレイスの笑い声が聞こえる。

さすがに俺の暗殺を狙った相手だとしても同情してしまう。

まあ、全て話し終えれば傷は治してやれるので、嫌なら早く話してくれ。

目を背けてグレイスの拷問を待つこと三分ほど。

「話す気になったたって〜」

「早いな」

「この苦しみが続くなら死んだほうがマシなんだって」

「まあ……気持ちはわかるよ」

グレイスを除く九人は全員がドン引きしているが、グレイスの溢れんばかりの笑顔からは楽しさと充実感が感じられる。

……味方で良かったのか、悪かったのか、判断に迷うところだ。

「……それで、どうして俺を狙ったんだ？」

早速、黒装束の男たちに尋ねた。

「お、俺たちは……暗殺者なんだ」

「依頼主から依頼を受けただけで詳しいことは何も聞かされていない」

「そ、そうなんだ！　だから知らないことは話せない……悪いが」

あれだけの拷問を受けた末のことなので、これは本音だろう。

だが、知らないからといって引き下がるほど俺は素直じゃない。

「事情は知らなくても、誰に依頼されたかくらいは言えるよな？」

「そ、それは……」

一斉に口ごもる暗殺者。

「もしかして私の出番？」

「いや、もう少し待て」

グレイスが双剣の刃を光らせたのが効いたのか、暗殺者たちはつらつらと話し始めた。

「俺も組織の上から指示されただけで詳しいことは知らないが……多分、あの人の依頼なんだろうということはわかる。普通の依頼人とは違う対応だったから……」

「お、おい……」

「言っちまったら、お前……」

暗殺者たちは、何かを恐れているように感じる。

チラッと袖の下に彫られたタトゥが見えた。

蛇のタトゥ。

これは……王都を中心に活動している犯罪ギルド……確か、『レッド・デビルズ』だったか？

盗賊行為を繰り返す厄介（やっかい）集団だと噂を耳にしたことはあったが、殺しまで請け負っていたのか。

「多分だが、俺たちに殺しを依頼したのは、ガ――」

その瞬間だった。

ブチッ！　ブチッ　ブチブチブチブチ！　プシュウゥウゥ……。

とても人の身体から出る音とは思えない音を出し、暗殺者の身体から血が噴き出した。

「きゃ、きゃああああああ!?」

「な、何なのよ!?　何が起こっているの!?」

俺たち一〇人は悲鳴に包まれることとなった。

「お、おい！」

俺は血が噴き出す暗殺者にすぐに駆け寄り、付与魔法による回復魔法（ヒール）を施（ほどこ）す。

しかし――

「ダメだ……死んでる。即死だ」

身体の内側から完全に組織が死滅しており、手の施しようがなかった。

元の状態に戻す性質を付与する特殊な回復魔法（ヒール）といえども、死んだ者を蘇生することはできない。

「もしかして、依頼者の名前がトリガーになってるのか？」

状況からそう判断した俺は、残りの暗殺者二名を見る。

「その通りだ。俺たちには、ギルドからそういう魔法をかけられてる」

「しくじった以上は遅かれ早かれ同じ運命だ。せめてもの報い――後に続こう」

二人は顔を見合わせ、頷いた後に口を開いた。

「「依頼主は――」」

「ちょ、ちょっと待て！　早まるな！　俺に一つ考えが――」

そう言いながら、手を伸ばそうとする俺。

しかし、一瞬遅れた反応が運命を分けてしまった。

「「ガ――」」

ブチッ！　ブチッ　ブチブチブチブチ！　プシュウウウ……。

ブチッ！　ブチッ　ブチブチブチブチ！　プシュウウウウ……。

「クソッ！」

ドン！

俺は、地面を思い切り殴った。

また間に合わなかった。

「俺なら、魔法を解除できたはずだ。もう少し早けりゃ……」

暗殺者とはいえ、目の前で死なれて何も思わないわけがない。

それに加えて、何も聞き出せないまま死なせてしまったことに対する後悔もあった。

死者となった以上、もう情報を聞き出すことはできない。

この三人はただの下っ端だ。

俺を殺そうとした親玉はまた暗殺者を送ってくるかもしれない。

「アルスのせいじゃないですよ……」

「そうよ。アルスは何も悪くないわ」

何とも言えない感情でいっぱいになり、落ち込んでいたところをセリアとユキナの二人が慰めてくれた。

「二人とも……ありがとな。でも、魔力が見えなかった理由すらわからないままだ」

「魔力が消えてた……ですか？」

「昨日言ってた『周辺探知』で見えないってこと？」

「その理解で合ってる」

セリアは疑問符を浮かべているが、ユキナはピンと来たようだ。

「ちょっと待ってて」

「ん？」

すると、ユキナは暗殺者たちの亡骸の衣服に手を伸ばした。

ゴソゴソと何かを探しているらしい。

「あった。多分これね」

ユキナは、暗殺者の上着の内ポケットから、勾玉のような形の魔道具を取り出した。

「これは？」

「自分の魔力を悟られないようにする魔道具。昔ちょっと聞いたことがあったんだけど、何に使うのか不思議に思って覚えてた」

「そんな魔道具があるのか」

「そうみたい」

魔道具は盲点だった。

俺はあまり道具関連については詳しくないため、ユキナがいなければ迷宮入りしていたかもしれない。

「それにしても、魔力が消える魔道具か……厄介だな」

思わぬところに『周辺探知』の弱点があった。

これでは俺の命を狙う親玉が生きている限り、常に危険が付きまとう。

さっきの暗殺者程度の実力ならどうとでもなるとして、もっと強い相手が陰から襲ってきたときには、対処しきれないかもしれない。

俺の危険だけならまだしも、一緒に行動するセリアとユキナにも危険は及ぶ。

「アルス、王都へ急ごう」

ナルドが俺の肩をポンと叩き、そう言った。

「王都の中なら、ここよりは安全だと思う。違うか？」

「……そうだな」

もう少しゆっくりしてから王都へ向かう予定だった俺たちだが、既に全員が目覚めているため、このまま出発することになったのだった。

第三章　奴隷エルフ

朝九時と、早い時間に王都に到着した。

「わぁ〜、王都ってこんな感じなんだ〜！　へえ〜！」

興味深そうにソワソワと街の様子を観察するシルフィ。

この時間は、これから冒険に出る冒険者や店舗を構える商人が開店準備をしている姿が見られる。

門番からの情報によると、フロイス国王との謁見は俺と旧勇者パーティ同時に行うとのこと。

時間は正午なので、まだ時間がある。

「一旦ここで分かれよう。まあ、どうせ昼にはまた会うけど」

「おう。護衛ありがとうな。おい、アルスに報酬を」

ナルドの指示を受けて、魔法師のカイルが一〇〇万ジュエルの包みを俺に差し出した。

「どういたしまして。なんていうか、俺も意地になって悪かったな」

「アルスは悪くないよ」

そんなやりとりをしつつ、ありがたく報酬を受け取る。

「じゃあ、またな」

「おう」

これにて護衛依頼による臨時パーティは解散となった。

「アルス、シルフィちゃんは人目に触れても大丈夫なのですか？」

セリアがやや心配そうに尋ねてきた。

精霊ということで人目に触れるとまずいかなと思い、ベルガルム村では精霊界に隠れてもらうことが多かったので、その流れから気にしているのだろう。

「ここならシルフィを精霊だと思う人はいないと思うし、それに——」

言いながら、付与魔法『拡大』をシルフィに付与する。

「わっ！　シルフィちゃんが大きくなりました!?」

「こんなこともできるの……？」

「まあな」

これなら、周りからは羽が生えたコスプレをしている人間にしか見えない。

「気分はどうだ？　シルフィ」

「人間になったみたい！　変な感じ？　だけど良いかも！　パパすっごい！」

「なら良かった」

さて。

普段の三人＋シルフィのパーティとなったわけだが、昼までどうしようか。

「シルフィちゃんは王都は初めてですし、いろいろ見て回りたいですね」

「と言っても、昼には王宮に着かなくちゃいけないのよね」

「確かに……ですね。じゃあ、朝ご飯を食べ歩きしつつ商業地区を見て回るとかどうですか？」

「いいかも。アルス的にはどう？」

「俺も賛成だな。良い案だと思う」

「じゃあ、さっそく向かいましょう！」

商業地区は、王都の中で最も賑わっている地域である。

ここから比較的近い場所にあるし、王宮に向かうルートの途中に当たるので、無駄がない。

それに、王都の見どころはなんと言っても王国一栄えている商業地区にある。

限られた時間で王都を楽しむなら最適なチョイスと言っていいだろう。

◇

「このホットドッグっていう食べ物も美味しい～！」

屋台で朝食を買い食いしつつ、商業地区を散策しているのだが、シルフィは景色よりも食を堪能しているようだ。

羽をパタパタとさせて楽しそうにしている。

王都の屋台は競争力が高く、どこも味にしのぎを削っているため基本的にどこで何を買っても美味しいと評判だ。

値段は手頃なままこのクオリティを出せるのはすごいと思う。

それにしても、さっきから道行く屋台全てで一品ずつ食べているのだが、いったいどのくらい食べると満腹になるんだ？　シルフィの胃袋はブラックホールなのか？

「シルフィちゃんすごいですね……」

「ねっ、ほんとに……」

セリアとユキナから大食いとされる俺でももう満腹で食べられない。

たくさん食べられるのは羨ましいと思いつつ、このペースだと財布のほうが心配になってしまう。

あっ、でもさっきたくさん報酬をもらったし別にいいか。

「あ、もう屋台終わり？　残念」

屋台が集中している通りはここで終わり。

ここから先もたまに屋台を見かけるが、ここから先は基本的に武器屋や装飾品屋、謎の物を扱う露天商など物品屋が集まるエリアとなっている。

この辺りも変わらず人通りは多いため非常に賑やかだ。

「まあ、腹八分目くらいのほうが良いって言うしな。今度は昼にまた来よう」

「わかった！　そうする～！」

シルフィはすぐに切り替え、今度は景色に釘付けになっていた。

精霊の森の中で長年過ごしてきたシルフィにとっては、全てが目新しく映るのだろう。

俺も初めて王都に来たときは都会の景色に感動したのを覚えている。

記憶を消してもう一度同じわくわくを経験できるのなら、ぜひともやってみたいくらいだ。

そういう意味では、今のシルフィはちょっと羨ましい。

「アルス、このお店って何かしら？」

少し路地裏に入ったところにある店を見ていたユキナが俺に尋ねてきた。

シルフィから一旦目を離して、ユキナの方を見る。

やや古い建物から溢れんばかりの人が集まっている。

「あっ……」

思わず、声が出てしまった。

そういえば、ユキナも王都を訪れるのは初めてだったな。

「どうしたのですか？　あの店がどうかしましたか？」

「セリアも知らないのか？」

「私、裏路地の怪しいところには行ったことがないので……」

なるほど。

つまり、俺以外はこういったディープな場所について知らないというわけか。

「ここはあんまり楽しい場所じゃない。別の場所に行こう」

そう言って、裏路地の店から離れるようやんわりと促したのだが――

「そうなの？　う～ん、でもちょっとだけ見て行ってもいい？　気になっちゃって……」

「どういうお店なのですか？」

二人ともどうしても気になるらしい。

まあ、俺があまりこういう店は好きじゃないというだけで、何か違法な営業をしているというわけではない。

百聞は一見に如かずとも言うし、この世界の裏……汚い部分も一目見ておいたほうがいいか。

「わかった。でも、ちょっとだけな。チラッと見たら帰ろう」

そう言って、裏路地の店に向かった。

店の前には、『見世物劇場』と書かれた看板。

外観を含めて全体的にどこか怪しげな雰囲気が漂っている。

「それでは、ショ〜〜タァイム！」

メガホンを片手に大声量の店主の声が合図となり、軽快な音楽が流れ始めた。

店の舞台にいるのは、獣人の男女合わせて一〇名のキャスト。

キャストたちは、音楽に合わせて続々と持ち前の芸を披露し始めた。

火の輪に飛び込んでくぐる芸だったり、高さのある場所に結ばれたロープを命綱なしで渡る芸など、その全てが曲芸。

次々と芸を成功させるキャストたちに惜しみない拍手が止まらない。

「へえ、こういうお店もあったんですね！」

「みんなすごいわね。どれだけ練習したのかしら」

素直に感心するセリアとユキナ。

シルフィも美しい曲芸に見惚れているようだった。

確かに、キャストたちの洗練された芸は素晴らしい。

だが、この店の闇は一連のショーが終わった後にある。

「タァイムアップ!?　一番下手だったのは誰だぁ!?」

キャストたちに与えられたアピール時間が終わり、観客たちの投票に移る。

「一番下手だった人？　普通、こういうのって上手い人に投票するんじゃないの？」

「みんな上手だからってことですかね？」

「そういうものかしら」

ユキナの違和感は間違っていない。

違和感の答えは、この後すぐにわかることとなる。

「あぁ～！　一番下手だったのはレノンだぁ！」

店主の発表がなされると、ワースト評価となったレノンという男の表情は悲壮感溢れるものとなった。

周りのキャストたちはホッとした表情を浮かべると同時に、レノンに対する同情がこもったような目を向けているのが印象的である。

「残念！　レノン、退場！」

店主の合図で、剣を持った黒服の男が二人現れた。

「や、やめてくれ！　酷い！　こんなのあんまりだ！　頼む……！　チャンスをくれ！」

ガタガタと身体を震わせ、どうにか逃げ出そうと足掻くレノン。

しかし、舞台と外には魔法による見えない壁がある。

それゆえ、逃げ出すことは叶わなかった。

ザンっと肉を断ち切る不快な音が聞こえ――

「あああああああああああああっ！」

舞台は、レノンの悲鳴が支配したのだった。

「えっ……」

「…………」

「…………」

ついさっきまで芸を楽しんでいたセリア、ユキナ、シルフィの三人は言葉を失っていた。

「アルス、あ、あれは何なのですか……？」

「おぞましすぎるわ……。こんなことがあっていいの？」

「パパ……」

俺に説明を求める三人。

こうなるだろうということはわかっていたので、既に回答は用意してある。

「ここは、キャストが全員獣人の見世物小屋なんだ」

俺はそのように前置きした後、詳細を説明する。

「セリアとユキナはさすがに常識として知っていると思うが、この国には……というか、大抵の国には、獣人を奴隷にしても良いという法律がある。そして、奴隷にした獣人の処分は持ち主が自由に決められる。命の扱いすらもな」

この世界での獣人奴隷の立場は、モノ同然。

男なら労働力として使われたり、見目麗しい女性獣人なら性奴隷にされるが、このくらいならまだマシなほうだ。

この見世物小屋のように命を使い捨てにする持ち主も存在する。

奴隷にも値がつくため、普通の主人ならこうした使い方はしない。

だが厄介なことに、この店は奴隷虐待を行うことで金を得る仕組みが確立されてしまっている。

奴隷を粗末に扱っても、それ以上に収入を得られる構造になっているため、このような愚行に至っているというわけだ。

「多分、フロイス国王もこれを良くは思っていないはずだ。だけど……どの国でも、どの時代でも民衆のガス抜きには娯楽が必要だと言われている。残念だが、必要悪なんだろうな」

「そんな……酷すぎます」

俺としても、こんなやり方でガス抜きをするのは間違っていると思う。

だが、王国に認められた営業形態で適法に金を稼いでいる以上は、俺たちにはどうすることもできないのが現実だ。

「これでわかっただろ？　ここはあんまり楽しい場所じゃない。行こう」

そう言って、三人を連れて店を出ようとしたその時。

「さぁさぁ今日の目玉！　景品はこちらです！」

店の外まで聞こえる大声量で、また店主の軽快な声が聞こえてきた。

直後、おおっ！　という観衆のどよめきが聞こえた。

店の舞台の上には、檻の中に閉じ込められたエルフの少女の姿が見える。

「エルフ奴隷……こりゃ珍しいな」

エルフ族は、エルフの里で暮らす少数民族である。

この国では、エルフも獣人の一部とみなされている。

ただし、エルフは国によってやや取り扱いが異なり、獣人とみなさない国もある。

エルフの里が近いここメイル王国では、エルフは獣人の一部という扱いになっているものの、エルフの里を襲わない協定を結んでいるため、入手が難しく奴隷市場に出回ることは極めて少ない。

奴隷市場に出回るのは、エルフを奴隷にできる他国やメイル王国内で捕らえた場合のみ。

彼女たちもわざわざ危険を冒してエルフの里から出たということは、よほどの事情があったはずだ。

檻の前には名前が書かれたプレートが置かれている。

この少女の名前は、ニーナというらしい。

ニーナは大人しい性格なのか、大勢の人を前にしてプルプルと震えていた。

「あの子……景品って、もしかしてですけど……」

「多分、そういうことなんじゃない？」

この流れで、さすがにセリアとユキナも察したようだ。

「ああ。見世物小屋では、観客参加型のイベントがたまにあるんだ。優勝すれば商品の獣人奴隷をもらえることになってるらしい」

「酷い……！　命を何だと思ってるんですかね」

「まあ、酷いとは思うがここでもらわれる奴隷はまだマシだ」

怒り心頭のセリアを宥めつつ、冷静に説明を続ける。

「基本的には、見世物小屋を離れれば理不尽に殺されることはまずない。奴隷は持ち主にとって資産だからな。商品を受け取った観客は、売って換金するか、労働力として使うか、性奴隷にするか、の大体三択だ。あの子の場合は、かなりビジュアルが良いから性奴隷にされるか、夜の店で働かされるか……まあそんなところだろう」

「十分酷いですよ!?　私、命だけあればいいわけじゃないと思います！」

「どうにか助けてあげられる方法はないのかしら……？」

俺も酷いとは思うが、これは構造的な問題だ。

「あの子だけを救いたいなら、これから始まる観客同士の決闘で優勝すればいい。譲り受けて解放してあげれば後は自由だ。だけど、あの子を救っても同じ境遇の子はいくらでも他に……っておい！」

前半部分を聞いたセリアは、イベントに参加しようとしていた。

「私、ちょっと優勝してきます！　多分、今の私なら余裕です！」

「まあ、そりゃあそうだろうが……」

「アルスはニーナちゃんを助けたくないのですか!?」

「意地悪な質問だな！」

俺だって、気の毒だとは思うし、どうにかしてやりたい。

もう、これはエゴの問題だ。

「わかった。優勝してあの子を助けよう。でも、セリアが参加するのはダメだ」

「ど、どうしてですか!?」

「それなら、私が参加するわ」

「ユキナもダメだ。これは俺のこだわりだけど、二人を見世物にしたくない」

ある意味、優勝者への景品はイベントを盛り上げてくれた報酬のようなものだ。

決勝まで残れば、かなりの注目を浴びることになる。

別に注目を浴びることは悪いことではないのだが、なんとなくセリアやユキナが誰かに取られてしまうような気がして、俺としては気分が悪い。

「俺が出る」

「ええっ！　アルスが!?」

「確かに、それならセリアが出るより安心して見てられるかも」

「それどういう意味ですか!?」

「えっと……ほら、アルスならやらかしとかなさそうだし？」

「私がやらかすみたいな言い方に聞こえますよ!?」

「パパ、頑張って～！」

　ということで、なにやら仲良く内輪揉めしているセリアとユキナを置いて、俺は今日のイベントに参加するための手続きに向かった。

◇

　手続きが終わり、俺は無事に出場できることとなった。

　今回の参加人数は合計で三二人。

　普段は一六人程度しか参加しないらしいが、見目麗しい美少女エルフが景品ということで、物珍しさからいつも以上に応募が殺到したようだ。

　イベントの内容としては、一貫して一対一の決闘形式。

　ラウンド32→ラウンド16→ラウンド8→ラウンド4→ファイナルという順番でトーナメントを勝ち抜いていき、優勝者は景品のエルフ奴隷、ニーナを受け取れる。

　参加者の中には、鼻の下を伸ばした変態も半数程度いるようだ。

これは、絶対に負けるわけにはいかないな……。

「アルスさん、こちらの魔道具をつけてください」

「ああ、わかった」

主催者の店主から渡されたのは、十字架の形をした決闘用の魔道具。

この魔道具は、肉体へのダメージを精神ダメージに変換する機能を持っている。

決闘するお互いがつけておくことで、どれだけの攻撃を受けても、痛みはそのままに肉体的なダメージを受けることはない。

安全に決闘ができるため、命を懸けた本当の意味での決闘以外ではよく使われる代物だ。

俺はエントリーナンバー1が割り当てられ、初戦を戦うこととなっている。

壇上に上がると、俺の対戦相手が既に待ち構えていた。

A組の選手紹介が始まった。

「エントリーナンバー1！　アルス・フォルレーゼ！　あの勇者と同じ名前だが、彼はDランク冒険者だぁ！」

俺の名前が紹介されると、拍手とともに、どっと笑いが起こった。

どうやら、誰も俺がその勇者本人だとは思っていないようだ。

まあ、よくある名前だしな。

「対するは、エントリナンバー2！　シモン・ウェイブ！　なんとAランク!?　いきなり優勝候補登場だぁ!?」

会場からおおっ！　という歓声が沸き起こった。

シモンは俺とは違って筋骨隆々の逞しい身体をした大柄な男である。

「王都ナンバーワンの剣士が相手とは、勇者のニセモノもついてねえな！」

「何秒で決着するかな？　五秒か？　いや、三秒か？」

「ワハハハハハ！」

ふむ、どうやらこのシモンという冒険者は王都でナンバーワンの実力者らしい。

やれやれ。

いきなりすごそうな冒険者と当たってしまったな……。

シモンは、歓声をよそに俺に話しかけてきた。

「お前、アルスと言ったか？」

「ああ」

「佇(たたず)まいを見るに、見た目によらずなかなか実力があるようだな」

「まあ、多少はな」

「謙遜(けんそん)するな。俺ほどの実力者ともなれば、佇まいを見れば実力がわかるんだ。相手が俺じゃなけりゃ、ぶっちぎりの優勝候補だったことは間違いない」

自分が勝つとはしつつも、かなり洞察力に優れているようだ。

だが、残念なことに自分に都合よく捉える癖(くせ)もありそうだ。

「もしかすると、俺が勝っちゃったりしてな」

「ふん、それは絶対にない。ただ、一回戦にしてこれが事実上の決勝(ファイナル)ってのはちょっと寂しいぜ。お前とは決勝で戦いたかった……」

心底残念そうに呟くシモン。

俺としてはどちらでも良いのだが、彼には彼なりの美学があるらしい。

「用意はいいかぁ？　決闘、始めぃ!?」

そんなやり取りをしていると、すぐに試合が始まった。

「行くぞ!?　ヒャッハー!?」

大きく地を蹴り、俺に斬りかかるシモン。

ふむ……良い太刀筋(たちすじ)だ。

俺じゃなければ、この速さに対応するだけでも苦労するだろう。

圧倒的な速さに加えて、確かな技術に裏打ちされた無駄のない剣技も兼ね備えている。

セリアが出ても負けることはさすがになかっただろうが、僅かな判断ミスで窮地に追い込まれる展開もあったかもしれない。

俺が出て正解だったようだ。

「オラァ！」

パワーの乗った一振りが襲ってくる。

しかし、どれだけパワーが乗っていようとも、当たらなければ意味はない。

俺は正確に剣の動きを予測し、ギリギリのところでサッと避(よ)けた。

「な、なに!?」

驚愕の表情を浮かべるシモン。

だが、すぐに落ち着きを取り戻したようだった。

「ま、まあ……こういうことも百回……いや、千回に一度はある。だが、偶然はそう何度も続かんぞ？」

「さて、本当に偶然かな？」

俺がニヤリと笑みを浮かべたと同時に、二回目の攻撃が俺を襲う。

今度は、避けるのではなく、真正面から剣で応えるとしよう。

キン！

俺の剣とシモンの剣が衝突し——

「な、なに……!?　お、俺の剣が……!?」

さすがは、ガイルが打った史上最高の剣だ。

ヌルりとした感触の後、シモンの剣は真っ二つに折れてしまった。

キン！　……という音は、剣が折れた際のものではない。

シモンの剣の刃が地面に落ちたときのものである。

「まだ続けるか？」

「い、いや……降参だ！　レ、レベルが違いすぎる」

シモンが白旗を上げたため、たった三十秒で勝負が決まってしまった。

「な、なんと……！　勝者、アルス・フォルレーゼ!?　か、彼は勇者と同じ名に恥じぬ冒険者だった!?　えっ、本当に勇者じゃないんですよね？」

恐る恐る尋ねてくる主催者。

「ああ、勇者ではない」

まだ一般大衆には知られていないようだが、旧勇者は解散することとなったし、俺はメイル王国が新設する新勇者パーティへの加入も断るつもりなので、嘘ではない。

「な、なんと！　とんでもない凄腕の冒険者だったようだ!?　さて、驚きの展開となりましたが、次はB組の試合を――え？」

試合を終えた俺たちが舞台を去り、次はB組の試合が始まろうとしていたその時。

「お、俺……やっぱ辞退するっす……」

俺とシモンの決闘を見ていた冒険者が、辞退を申し出てしまった。

「そ、それでは不戦勝ということで――」

「あ、俺も辞退させてください。アルスとかいう少年に勝てる気しないです」

なんと、B組の両者ともに辞退となってしまった。

ということは、次のラウンド16は俺が不戦勝になるのか？

などと考えていたところ。

「僕も辞退で……」

「私も……」

「え？　じゃあ俺も」

「勝てるわけないわな」

「優勝できなきゃ意味ねーし」

「解散解散」

なんと、俺と対戦し敗退が決定したシモンを除く三〇名が辞退を申し出たのだった。

どうやら、俺とシモンとの一戦は戦意を喪失させるに十分だったらしい。

「え、ええ……。そ、それでは、優勝はアルスさんになります……！」

主催者としてはたった一戦で結果が決まってしまったことにショックを受けているようだ。

まあ、珍しいエルフ奴隷を景品にしたのにこれでは採算が取れないのかもしれない。

俺が気にする必要はないのだが、ちょっと気の毒ではある。

とはいえ、たった一戦でも観客にとっては十分だったようで――

「すっげえええええええええっ！」

「シモンさんがこんな一瞬でやられるの初めて見たぜ……！」

「ま、まさかこの王国にまだこんなとんでもない冒険者がいたとは……！」

「てか、あれでDランクとか絶対嘘だろ！」

「やってくれるぜまったく！」

……と、会場は大盛り上がり。

優勝者である俺には、盛大な拍手が送られたのだった。

◇

観客が帰った後の舞台にて。

「……景品のエルフです。どうぞお納めください」

「確かに」

引きつった笑顔を浮かべる店主から檻の鍵を受け取る。

これにて、約束通りエルフの奴隷、ニーナを引き取ることとなった。

「さあ、出ておいで」

檻の中から出てこようとしないニーナに、優しく手を伸ばす。

「ひっ……」

しかし、ニーナはガタガタと震えるばかりで檻から出ようとしない。

「アルスを怖がっているのでしょうか」

「まあ、目の前であの強さを見せられればね……」

セリアとユキナが言う通り、俺を怖がっているように見える。

奴隷は捕らえられる際や、捕らえられた後に暴力を受けることがよくある。

もしかすると、ニーナもそうした経験から暴力を恐れているのかもしれない。

「セリア、ユキナ、シルフィ。ニーナを頼めるか？」

檻の鍵を受け取ったのは俺だが、この先のニーナを逃がす部分では、俺じゃなくてもできる。

女の子のほうが安心できる側面もあるだろうし、三人に任せた方が良さそうだ。

三人が首肯したことを確認して、俺は檻から少し距離を取って見守ることにした。

「ニーナちゃん、もう大丈夫ですよ。私たちは酷いことしませんから！」

そう言いながら、セリアが檻の中に手を伸ばす。

「ほんとですか……？　何もしない……？」

か細い声で、セリアの言葉に答えるニーナ。

「もちろんです。私たちはニーナを助けに来たのです！」

「今は信じられないかもしれないけど、本当よ。もう心配することは何もないわ」

セリアとユキナが淀みなく答えると、ニーナの表情が少し柔らかくなった気がする。

「さあ、外に出ましょう」

ニーナは恐る恐るセリアの手を握る。

そして、ゆっくりと檻の中から出てきたのだった。

◇

「本当にありがとうございました。私、皆さんを誤解していました」

店の外に出て、ニーナに害を加えるつもりがないことを説明して十数分。

最初は俺たちを警戒してビクビクしていたニーナだったが、どうにか信用してもらえたようだ。

「でも、どうして助けてくれたのですか……？」

ニーナが疑問に思うのも無理はない。

普通、奴隷を手に入れるとすれば理由はろくでもない理由だからだ。

「言ってしまえば、偶然だよ。俺たちは、今日ちょうど王都に来て、たまたまあの店に立ち寄った。そこでニーナを見つけて、同情から助けてあげたいと思ったんだ」

少しでも歯車が噛み合わなければ、この子と出会うことはなかっただろう。

ニーナの視点で言えば、運が良かったということになる。

「ひとまず、俺たちがニーナの所有者ってことになってる間は安全だ。それで、王都を出る時機なんだが……事情があっていつとは明言できないんだ。悪いな」

今すぐにでもエルフの里に帰してやりたい気持ちはありつつ、そうとはいかない事情もある。

俺はフロイス国王から指名された勇者パーティの話を断るつもりなので、この件で揉めると、滞在期間が長くなる可能性があると考えている。

「い、いえ！　檻から出していただいて本当にありがたく思っています。でも……私、まだやらなきゃいけないことがあって、王都に残るつもりです」

「な、何言ってるんですか!?　また捕まっちゃいますよ!?」

間髪容れずにツッコミを入れるセリア。

「落ち着け、セリア」

「で、でも……」

エルフの奴隷化が認められている王都の中に一人でいれば、せっかく救ったのにまた悪い人間に捕まってしまう恐れがある。

セリアが心配するのは当然なのだが、俺は他に気になることがあった。

「そもそも、よほどの理由がなきゃリスクを冒してエルフが王都に来るわけがない。そうだな？」

「は、はい……」

「理由を訊いてもいいか？」

「……はい。そもそも、私が王都に来たのは薬を買うためなんです。えっと……アルスさんたちは『魔風症』ってご存じですか？」

『魔風症』……症例が少なく、あまり有名な病気ではない。

確か、抵抗力が弱まっている際に、魔物の強い魔力を浴びることで発症するんだったかな。

「発症すると、昏睡状態になって起きられなくなる病……だったか？」

「はい、それです。実は、ママが魔風症に罹ってしまって……エルフの里では薬がないのですが、王都ならあると耳にして……」

「なるほどな。そういうことだったか」

確かに、人類は既に魔風症の治療薬の開発に成功している。

王都なら確実に手に入るはずだ。

「でも、それなら薬を買ってから王都を出るだけでいいんですよね？」

セリアの質問を受けて、どういうわけか、ニーナは暗い表情を浮かべた。

「そうなのですが、実は王都には妹のマリアと一緒に来ていたのです」

なんだか、雲行きが怪しい。

嫌な予感がしてきた。

「もしかしてだが……」

「お察しの通りです。マリアも人間に捕まってしまって、連れ去られてしまいました。今どこにいるのかすらもわかりませんが、私はマリアも連れて里に帰りたいのです……」

「なるほど。これは厄介だな……」

つまり、ニーナのやるべきことというのは、既に奴隷にされてしまったマリアを奪還したうえで、魔風症の薬をエルフの里に持ち帰ることだ。

「乗りかかった船とは言っても……これはさすがにどうなのかしら」

「アルス、これってどうにかならないでしょうか……？」

問題は、マリアの所有権が誰か人間の手にあるということだ。

奴隷はモノという扱いになっている。

つまり、取り戻すには持ち主を探したうえで、譲ってもらわなくちゃいけない。

あるいは、強奪するか、盗むか……だが、これは非現実的だろう。

持ち主を探し出すだけでも至難の業だし、見つけ出したとして、売ってもらうにはいくら吹っ掛けられるかわからない。

「気の毒だが、さすがに無理だ」

俺は、そう答えるしかなかった。

「そう……ですよね。なので、私一人でも頑張ります。あの……無理なお願いなのですが」

ニーナは俺をジッと見つめて、頭を下げてきた。

「薬をママに届けていただけないでしょうか。それと、私が捕まってしまったことも……」

まるで、もう自身が無事にエルフの里に帰れないことを悟ったような口ぶりだった。

無謀だと自分でわかりつつも、妹のマリアを諦めきれないらしい。

「気持ちは理解できるが、そんなことできるわけがないだろ。第一、親御さんにはなんて説明するんだ？　ニーナを助けたのにみすみす逃しましたって？」

「……」

「すまない、でもそういうことなんだ」

今、ニーナには究極の二択が突き付けられている。

妹を見捨てて目的の薬を持って里に帰還するか、薬と自身の帰還を諦めて、僅かな可能性に全てを懸けるか。

おそらく、俺たちと変わらない歳の女の子にはあまりに残酷な選択肢だった。

「いや……違うな」

もし、俺がニーナの立場なら、どうしてほしいと思うだろうか。

そう考えると、いきなり究極の二択である必要はない気がしてくる。

「とりあえず、捜すだけ捜してみよう。それで、もし連れ帰れないことがわかったときは、ニーナだけでもエルフの里に帰す。無理やりにでもだ」

「そ、それです……アルス！」

「私も、それしかない気がしてたわ」

ニーナにとって、マリアを探さずして見捨てる選択はできない。

そして、俺たちにとってもせっかく助け出したニーナを見捨てるようなことはできない。

苦し紛れの折衷案(せっちゅう)だが、今はこれがベストだと思う。

「あ、ありがとうございます……！」

ニーナは少し涙ぐんでいるようだった。

「ニーナ、マリアのフルネームを教えてくれるか？」

「は、はい！　マリア・スカーレットです」

「え？」

ファミリーネームの部分——スカーレット。

俺は、思わず聞き返してしまった。

「聞き取りづらかったでしょうか……？　マリア・スカーレットです」

「もしかしてだが……お父さんはハリー・スカーレットだったり……？」

「ど、どうしてパパの名前を!?」

ニーナは声が裏返りそうなほど驚いていた。

こんなニーナの表情は、出会ってから初めてだ。

……なんてことだ。

スカーレットという名前からピンと来たが、まさかあの人の娘だったとは……。

「父をご存じなのですか？」

「直接会ったことはないんだが、聞いたことがある」

俺は、ニーナとマリアの父の名前を知った経緯を話すことにした。

「俺の父さんは冒険者だったんだが、ある時、魔物との戦いで大怪我を負ったらしいんだ。命からがら逃げられたは良いものの、力尽きて倒れた。気を失って、目が覚めたらエルフの里でエルフたちに介抱されていたらしい。俺は、何度も父さんから世話になったエルフの名前を聞いてたんだ」

まさか、そのエルフが、ニーナたちの父だとは……なんの因果なんだか。

「すまない、前言撤回させてくれ。意地でも絶対にマリアも一緒にエルフの里に帰す。セリア、ユキナ。俺の勝手な都合で悪いんだが、協力してくれ」

「もちろんです！」

「何から始めればいいかしら？」

まだどうするか具体的には何も決まっていない。

だが、その気になりさえすればどうにかする方法なんていくらでもある。

「王都は広いと言っても、しらみつぶしで捜せば見つけられるはずだ。なんとかして見つけて、その後は買い取れないか交渉を持ちかける。多少の吹っ掛けなら払えばいいし、法外な金額を吹っ掛けるようなら、力ずくで奪ってやるよ」

他人の持ち物だからと言って、遠慮することはない。

奴隷を持つような不届き者から、奴隷を解放することの何が悪い？

そう、遠慮することはないのだ。

「ア、アルス……さっきまでと言ってることが違いすぎて……」

「すごく頼りになるんだけど、すごい変化ね……」

「事情が変わったからな。使える手段はなんでも使うよ」

前提が違えば、結論も変わるのは当然なのだ。

「あっ、でもその前に王宮で謁見があったな……」

この状況だと、時間の無駄に感じるが、さすがに国王との約束をブッチするわけにはいかない。

「じゃあ、私たちだけでも先に捜し始めます！」

「そうね。どうせ私たちは同席できないし」

「悪いな。……それで頼む」

正直、セリアとユキナのこの提案はめちゃくちゃありがたい。

「そういえば、シルフィはどうする？　ママたちと一緒にいるか？」

「う～ん、パパと王宮行きたい」

「そうか。精霊界に隠れててもらうことになるけどいいか？」

「うん！」

謁見の間に連れていくわけにはいかないので、これは仕方がない。

「よし、じゃあ行ってくる」

俺は二人と一旦分かれて、王宮に向かったのだった。

第四章　嘘

王との謁見を控えた三〇分前。

アルスの暗殺失敗を知らされたガリウスは驚きを超えて唖然とするしかなかった。

（失敗した……だと？）

弓での狙撃に失敗したとしても、リカバリーする手段も用意していたし、何より一人も帰還できなかったことに驚きを隠せなかった。

依頼人の名前は絶対にバレないよう、暗殺者たちには呪刻魔法をかけている。

そのためアルスに計画がバレるまでには至っていないが、もはや問題はそのような懸念を遥かに超越した次元にある。

（それなりの手練れなことはわかっていたが、想定以上だったのか……？）

ガリウスは、アルスの実力を過小評価していた。

聞いていた話では、付与魔術師というユニークジョブではあるものの、付与魔法を味方と自分に付与する以外には何もできず、ただパーティに寄生して経験値を吸い取るだけの存在だったはず。

難しいと言われるゲリラダンジョンを数人で攻略したという事実から、耳に入っていた情報よりもある程度強いとまで想定したのに、まるで歯が立たなかったということになる。

（この作戦、俺でも死ぬレベルだぞ？）

今回、アルスを襲った作戦は、ガリウスが自分を対象にしたとしても十分殺せる程度の綿密な計画を立てたつもりだった。

それを難なく突破したということは、考えたくもない……。

（まさか、本当の実力は俺より上ってことか？　そんなバカな！　付与魔術師だろ⁉）

理屈では、強さを見積もれたとしても、感覚的にどうしても信じられない。

（殺せなかったもんは仕方ねえ。直接会ってからもう一度考えるか……）

アルス暗殺については継続するとしても、ガリウスは一旦、アルスという不気味な存在について、この目で見て実力を推し量ることに決めた。

謁見の間。

まず初めに、王座に座るフロイス国王から旧勇者に労いの言葉がかけられた。

「勇者たちよ、これまで大変ご苦労だった」

事前に解散の件については聞かされていたが、セレモニーとして正式に解散が決定すると、何か感じることがあるのか、ナルドは瞳に少し涙を浮かべていた。

「そして、新たに発足する我がメイル王国勇者よ、これから頼むぞ」

国王のお言葉を受けて、新勇者となる俺以外の四人は恭しく礼をした。

「む？」

フロイス国王は、一人だけ礼をしない俺が気になったようだ。

と言っても、機嫌を悪くした風ではない。

「アルスよ、緊張しているのか？」

「いえ。今日は勇者指名の件で特別なお話があって参りました」

「ほう？」

「単刀直入に言います。俺は、勇者にはなりません。指名いただいた件は名誉なことだと感じていますが、俺には荷が重いです。辞退させてください」

言い終えた瞬間、どよめきが起こった。

ナルドたちも、かなり驚いた表情を浮かべてこちらを見ている。

「ア、アルスよ……な、何を言っておるのじゃ……？」

フロイス国王はまさか辞退するとは微塵も思わなかったのだろう。

頭を抱え、悩ましそうな表情を浮かべていた。

「アルス、どういうことだ!?　さすがにどうかしてるぞ!?　さすがに冗談だろ？　な？」

「そうだよ！　どういうことなの？」

「こんなの前代未聞だし、なにより勿体ないよ！」

俺のかつての仲間である、旧勇者パーティの面々が揃って説得してくる。

だが、もう俺は決めていたのだ。

「申し訳ありませんが、ご了承ください。陛下」

俺は、深々と頭を下げた。

しかし――

「何を言っておる。これはもう決定事項なのじゃ！」

「え？」

「力ある者が戦うのは義務じゃ！　アルス、お主がメイル王国の民(たみ)である以上は責任を果たしてもらわねばならぬ。やりたいとかやりたくないとかの話ではないのじゃ！」

爆発寸前の態度を隠す気もなく俺を睨(にら)むフロイス国王。

なんとしてでも、俺を新勇者パーティに加えたいという強い意志を感じる。

……これは、困ったな。

真正面から断ってもダメそうだ。

仕方ない、あまり嘘は使いたくなかったが……。

「陛下は誤解しています」

「何をじゃ!?」

「ゲリラダンジョンは、俺一人の力で攻略したわけではありません」

「なに!?　ギルドからの報告ではアルスが一人で倒したと聞いているが……？」

「お言葉ですが、俺が戦っている様子を一目でも見たことがありますか？」

「それは……ないが、では嘘の報告をしたというのか？」

「いえ……」

「手違いじゃと？」

「ええ。何せ、ゲリラダンジョン攻略後は村が混乱していたので。とはいえ緊急を要する報告だったので、事実関係が間違ったまま送られてしまったんです」

「そ、そんなことがあり得るのか……？」

ねーよ……と正直に言うわけにはいかない。

「実は、ゲリラダンジョンは報告に上がっている俺たち三人だけじゃなく、そこのナルドたちと協力して攻略したんです」

「むむ!?　……そ、それは本当なのか？」

「ええ。報告書には独力で俺が攻略したように書かれているかもしれませんが、普通に考えてあり得ますか？　それまで勇者パーティの中でも普通だった支援職の付与魔術師ですよ？」

「た、確かに……」

よし、もう一押しだ——と思ったその時。

「ナルドよ、アルスの話は本当なのか？」

国王は俺ではなく、旧勇者パーティの方へ尋ねた。

俺は、頼む……とメッセージを込めてナルドたち旧勇者を見た。

ここからは、俺一人の説得では限界がある。

頼む……合わせてくれ。

必死のアイコンタクトを送っているが、応じてくれるかどうかはナルド次第だ。

「……実際、俺たちとアルスは共に戦い、協力してボスを倒しました。非常事態だったので、不仲がどうとか言ってられない状態でしたので……。概ねアルスが言う通りだと思います」

ナイス！

微妙に嘘にならない範囲で援護射撃になる答え方をしてくれた。

「むむ……!? では、話がまるっきり変わるではないか！」

「仰る通りです。ですので、俺は辞退するということで……」

「いや、だとしてもこれだけで結論を出すのは早計じゃろう」

「え？」

評価されている部分は、ゲリラダンジョンを独力で攻略したという部分だったはず。

この部分はさっきの説明で完璧に崩したと思ったのだが、まだ何かあるのか？

「私は、ミスをしたとしても、ギルドがまるっきり違う報告書を出してくるとはどうも思えぬのじゃ。アルスよ。ナルドたちと協力して倒したのだとしても、アルスの助力は大きかったのではないか？　私はそのように睨んでいるのだが、その辺りはどうなのかね？」

……ギクッ！

かなり勘がよろしいようで、痛いところを突いてくる……。

「お、俺は大したことないですよ……」

「そうなのかね？　ナルドよ」

た、頼む……。

だが、今回は俺が思うような答えは返ってこなかった。

「いえ、実際アルスの力は大きかったです」

「ほう！　そうなのか！　詳しく聞かせてもらおう」

「アルスの付与魔法には、普段から助けられていました。ゲリラダンジョンでも役立たないはずがありません。そもそも、役に立たないようでは勇者として相応しくありません」

「そうじゃろうな」

「しかし、アルスの力は味方あってのものでもあります。アルスの能力は味方を強化することができますが、逆に言えば強化された味方が戦えなければ十分に効果を発揮できません」

おおっ！

想定していたのとは違ったが、めちゃくちゃ助かる答えだ！

「ふむ……それはそうか……。つまり、ナルドたちの貢献も大きかったと……」

「どうしても気になると思われるなら、ここで試されてはいかがですか？」

「というと？」

「そこに新たな勇者がいるでしょう。例えば、ガリウス殿とアルスが一対一で戦えば、はっきりするのではないですか？」

「なるほど、妙案じゃな」

想定外の流れになってきているが、間違いなく良い方向に進んでいる。

ありがとう……ナルド。

「では、これよりガリウスとアルスは決闘を始めよ。ただし、寸止めにするのじゃ。しかとその実力、見極めさせてもらおう」

俺の相手になるガリウスは王の指示を受け、仕方なくといった感じで剣を取った。

悪いな、巻き込んでしまって。

でも、これでお前の評価が下がるようなことにはならないはずだ。

俺は、ガイルの剣ではなく、以前にセリアが使っていた剣をアイテムスロットから取り出し、構えた。

「ほう……不思議な魔法を使うのじゃな」

そうか、アイテムスロット……。

余計なところでまた評価を上げてしまった。

でも、肝心なのは戦闘の部分のはず。

ここでしっかり負ければ、陛下も納得してくれるはずだ。

わざとらしくならないよう、自然なふるまいを意識しよう。

俺はあえて少し型を崩したモーションでガリウスに向かって剣を振る。

シュン！

俺の太刀筋を完全に見切ったガリウスは俺の攻撃をサッと避け、攻守が逆転。

ガリウスは剣を振り下ろすと見せかけ――俺の鳩尾(みぞおち)を狙って蹴り飛ばした。

どこを狙われているか手に取るようにわかっているが、演技に徹する俺。

しっかりと吹き飛ばされ、壁に激突した。

「うう……」

受け身すら取らなかったのでかなり痛い。

王宮を出るまでは付与魔法による回復魔法(ヒール)を使えないのが辛いな……。

手痛い代償になったが、これで十分だろう。

俺は右腕を上げ、白旗を示した。

「……降参だ」

チラッとフロイス国王を見ると、俺に興味をなくした様子。

「ふむ、こんなものじゃったか」

これなら、勇者という罰ゲームから逃れられそうだ。

「どういうことだ？　アルス・フォルレーゼ、どうしてお前がこんなに弱い!?」

しかし、どういうわけか決闘相手のガリウスは俺の弱さに驚いていた。

「どうしてって言われても、これが俺の実力なんだ」

「いや、そんなはずは……だって、いや……なんでもない」

何か言いたげな様子だったが、ガリウスは出かかった言葉を引っ込めた。

優れた剣士は、ひとたび剣を交わせば正確に相手の実力を把握できる。

　俺の演技も、演技である以上は完璧ではないので、ガリウスにとってはどこか違和感を覚えるものになっていたのかもしれない。

「……くだらん。もう良い、アルスの辞退を認める」

「ありがとうございます」

　こうして、俺は望み通り新勇者パーティへの辞退に成功したのだった。

「ナルドよ。お主たちはアルスの付与魔法を借りて、ゲリラダンジョンを攻略したそうだな？」

「仰る通りです」

「では、君たちの中から優秀な者を選抜して新勇者に選抜するとワシが言ったら、どうする？」

　俺への興味を失った国王は、ターゲットをナルドたちに変えたらしい。

　期待の眼差しを向けられたナルドだったが、静かに首を振った。

「俺としても残念ですが、辞退させていただきます」

「ふむ？　どうしてじゃ？」

「俺たちは、一人ひとりは強くありません。洗練された連携でどうにか格上の魔物とも渡り合えているだけです。別のパーティでは誰も一流の活躍はできません。陛下もそのように考えて、我々から選抜することはなかったのでは？」

「む……まあ、そうじゃな。参考までに聞いただけじゃ。忘れてくれ」

フロイス国王は四人の新勇者をチラッと見た後、すぐに目を逸らした。

おそらく、本音としてはもう一人か二人くらい加えたかったのだろう。

……悪いな。

俺は胸中で国王に懺悔（ざんげ）しつつ、謁見の間を後にした。

「まったく、どういうことなんだ？　急に嘘なんて言い始めて……。背筋が凍りそうだったぜ」

王宮を出た後、冷や汗を垂らしたナルドが俺の真意を尋ねてきた。

「横で立ってた俺までチビりそうだったぜ……。心臓に悪ぃよ」

「結局どういう意図だったの？」

戦士のガレスと、魔法師のカイルも同様の質問を投げてきた。

言葉には出していない四人も俺をチラチラ見ているので、同じ疑問を抱いているのだろう。

「ごめん、ちゃんと説明するよ。急に付き合わせて悪かった」

芝居に付き合ってもらった身として、説明しないわけにもいかない。

「もともと、ベルガルム村で手紙を受け取った時から辞退しようと思っていたんだ。理由は、ナルドたちと同じ。俺にとっては、セリアやユキナと冒険者をやってたほうが、魔王討伐って目標の中では近道だからな」

「まあ、そんなことだろうとは思ったが……にしても、事前に言ってくれりゃ、もう少し合わせようがあったんだぜ？」

「それに関しては悪かったな……。普通に断れば受け入れられると思ったんだ。みんなを巻き込むつもりはなかった」

「まあ、終わったことだしいいけどよ。それにしても妙に陛下は勘が鋭かったな。ありゃ下手な嘘じゃバレると思って、アルスみたいに完全な嘘はつけなかったぜ」

その辺は、さすが国王といったところか。

些細（ささい）な矛盾からでも嘘がバレてしまいそうな圧があった。

「ナルドの嘘もなかなかだったぞ？　あれは事実とは呼ばないって」

「そ、そうか？」

ある意味、上手く事が運んだのは打ち合わせがなかったからかもしれない。

ナルドは、もともと嘘があまり上手くない。

虚実織り交ぜるとナルドの嘘は簡単に見破られてしまうので、事実をベースに解釈によって誤解させる今回のやり方がベストだったとも感じる。

「とりあえず、ベルガルム村のギルドには今日話した部分の報告書は書き換えてもらっておけよ」

「ああ、もちろんだ」

この後、ベルガルム村にその旨を伝えた手紙を伝書鳩に持たせるつもりだった。

できることは協力すると言ってくれていたし、これに関しては問題ないだろう。

ナルドたちと別れた後。

「ママたちどこ～？」

シルフィは、精霊界から出てくるなりきょろきょろとセリアとユキナを捜し始めた。

「今捜すよ」

『周辺探知』。

俺は王都全域に薄く魔力を広げ、セリアとユキナの影を探る。

「見つけた」

特に待ち合わせ場所など決めずに別れたのは、『周辺探知』によりすぐに見つけられるからだ。

どうやら、二人は商業地区の建物の中にいるらしい。

シルフィを連れて、速足で目的地を目指す。

「ここだな」

店の看板には『奴隷　売ります、買います』と書かれている。

どうやら、ここは奴隷商が経営する店舗らしい。

俺が扉に手を伸ばしたところ、急に向こう側から開いた。

「あっ、アルス！　それとシルフィちゃん！」

「思ったより早かったのね」

ちょうどセリアとユキナの二人が出てきたタイミングだったようだ。

「まあな。辞退に関しては上手くいった。そっちは？」

「ん～、ボチボチってところね」

ユキナが、俺がいない間の成果を報告してくれた。

「まず、王都の奴隷商を周ってマリアの痕跡を探したわ」

なるほど。

確かに奴隷は個人間で取引することはあまりなく、売買には奴隷商を挟むことが多い。

良いアプローチだ。

「ちょうどこの店にマリアがいたことがわかったの」

「本当か!?」

「でも、一足遅かったみたいです……」

しょんぼりとした声でセリアが答えた。

「誰が買ったかはわかったのか？」

「いえ、それが……客の情報は話せないって」

「……そうか、仕方ないな」

奴隷は、資産とされている。

家や土地と同じような扱いのため、基本的に商人は顧客の情報を他人に話さない。

「こうなったら、賄賂(わいろ)で聞き出せないか試してみるか」

ただし、タダでは顧客情報の話さない商人の中にも、お金を渡せば秘匿している情報を教えてくれる者もいる。

どんな人物がマリアを買い取ったのかわからない以上は、一刻を争う。

綺麗な方法に拘っている場合ではない。

二人が出てきた店に入ろうとしたその時だった。

「むむっ！　もしかして、アルスか？」

「ん？」

聞き覚えのある声が聞こえた。

後ろを振り返り、声の主を確認する。

そこには、モジャモジャ頭のおっさんが立っていた。

風貌は変わっているが俺は、このおっさんに見覚えがある。

確か――

「えっ、クリス？」

「覚えていてくれたか！　そうだ、クリスだ」

　ベルガルム村で冒険者試験を受けたときに、俺の実技試験を担当してくれたCランク冒険者だ。

　確か、ハゲをバラしてしまったお詫びに俺の付与魔法で毛根を復活させ髪を生やした覚えがある。

　あの時はめちゃくちゃ喜ばれたっけ。

「どうしてここに？」

「実は、アルスのおかげで髪が生えてから自信が漲ってきてな。もうこんな歳だが、彼女にプロポーズしたんだ。それで、結婚することになったから、ちょっと新居探しにな」

「そ、そんなことが！　おめでとう」

「ありがとう、これもアルスのおかげだよ！」

　クリスは満面の笑みで俺の手をギュッと握った。

　俺がやったことは、単に付与魔法で毛根を復活させただけなのだが、思わぬところまで影響を与えていたようだ。

　幸せそうでなによりである。

「ん？　それより、アルスは奴隷が欲しいのか？」

　奴隷商の店の前にいるので、勘違いさせてしまったらしい。

　いや、マリアを買おうとしているわけだから、あながち間違いでもないのか？

「そういうわけではないんだが、いろいろあってな」

誤解を解くため、クリスに今の状況を手短に説明した。

「なるほど……そういうことだったか」

クリスは腕を組んで考え込むような仕草をする。

「まず、そこの奴隷商は絶対に賄賂は受け取らねえ。持ちかけるだけ無駄だ」

「そうなのか……？」

「ああ。店主は変なところで真面目だからな。そこで俺から提案なんだが――」

クリスは、ビッと親指を立てた。

「エルフ捜しは俺に任せろ」

「え？」

「こう見えて、俺は結構長く王都で冒険者をやってたんだ」

「そうなのか？」

それは知らなかった。

確かに、冒険者が拠点を変えることはよくあること。

以前は王都で活動していたとしても特に違和感はない。

「ってなわけで、ここの冒険者はみんなマブダチみたいなもんだ。俺のネットワークにかかりゃ、今晩中には見つけられる。今日はゆっくり休んでおけ」

「ほ、本当に……？　っていうか、頼んでいいのか？」

「王都の中にいるなら余裕のよっちゃんだぜ。っておいおい、遠慮なんていらねえぞ？」

クリスは髪を揺らして見せた。

「アルスのおかげで人生変わったんだ。このくらいじゃお返しにもならねえ」

正直、めちゃくちゃ助かる。

賄賂が効かないとなると、ひたすら聞き込みをするくらいしかアイデアがなかった。

「明日の朝にでも報告できればと思うが……そういや、アルスたちはどこに泊まってるんだ？」

「ああ……宿か」

そういえば、まだどこに泊まるか決めかねていたな。

「その顔はまだ決めてない感じだな？　ちょっと待ってろ」

クリスは財布の中をゴソゴソと確認し、一枚の紙を俺に差し出した。

「割引券？」

「おう。この宿がおすすめだ。安くて質がいい。ちょうど割引券があったから取っておけ」

「ありがとう。助かるよ」

割引自体もありがたいが、いまいち王都の宿事情はわからないので、おすすめを教えてくれるのは誇張抜きで助かる。

「じゃ、また明日な。ゆっくり休めよ」

一時はどうなるかと思ったマリアの捜索だったが、協力な助っ人の登場で目途がついた。

「な、なんだか展開が急すぎて……こんなこともあるんですね」

「これもアルスの人徳ってことなのかしら」

「パパすごい！」

「いやいや……」

俺はマリア捜索の件ではまだ何もできていない。

さすがにこの状況で俺の力は関係ないと思うのだが……。

早速、クリスがおすすめしてくれた宿を取ったのだが、俺が想定していた以上に遥かに良い部屋だった。

十分な部屋面積はもちろん、しっかり清掃が行き届いている。

さらに、部屋の中は改装済みで新築並みの綺麗さ。

ベッドはフカフカだし、おまけに本格的な調理ができるキッチンまで備え付けられている。

「めちゃくちゃ良いお部屋ですね〜！」

「これが一泊一万ジュエルって、安いを通り越して不安になっちゃうわね」

確かに、少し王都のハズレにあるとはいえ、この宿泊料は破格だ。

ニーナを加えた四人で宿泊しているので、一人当たり二五〇〇ジュエル。

念のため補足しておくと、半額割引券を利用して一万ジュエルなので、元値は二万ジュエル。

……だとしても安いのだが。

なお、部屋を分けなかった理由は、一部屋しか残ってなかったからである。

まあ、二部屋取れた場合でも、どう分けるか問題は発生してしまっていたのだが。

「こんなに良いキッチンがあると料理とかしたくなちゃいますね！」

「あれ、セリアは料理ができるのか？」

何気なく尋ねると、セリアはよくぞ聞いてくれました！　とばかりに鼻を鳴らした。

「アルスとの結婚に備えて、花嫁修業はバッチリなのです！」

「へ、へえ……」

「アルスさえ良ければ、今すぐにでも挙式しても良いのですが……」

えっと……俺はどのように反応すればいいのだろうか。

セリアのことはもちろん嫌いではないのだが、今はまだ結婚は特に考えていない。

好意をアピールされるのは嬉しいし、将来的にはわからないが、まだ先の話な気がする。

「ま、まあ結婚の話はともかく……あっ、そういえばユキナはどうしたい？」

話をはぐらかすため、ユキナに話を振る。

すると、なぜかユキナの顔がカァッと赤くなった。

「え、アルスと結婚？」

「なぜそうなる!?　キッチンの話だって！」

「あー、そっち……」

なぜか、途端に興味をなくして死んだ魚のような目になるユキナ。

「私はどっちでもいいわ。料理は不得手ってわけでもないし」

「え、ユキナも料理できるのか？」

「そんなに上手くないけど、一応は」

「へー。じゃあ、せっかくだし、今日は自炊にしようか」

ということで、今日の夕食は部屋で調理することとなった。

俺も付与魔法で多少料理はできるので、手伝えることがあれば手伝うこととしよう。

「メニューは何がいいですか？　特に希望がなければ、ハンバーグとポテトサラダにしようと思いますが」

「え？　ハンバーグならマカロニサラダがセットじゃない？」

「へ？　さすがにマカロニサラダは違いますって！　私の故郷では絶対にポテサラでした」

「私の故郷ではマカロニサラダだったけど？　ポテトサラダなんて邪道だわ」

ハンバーグまでは決まったようだが、なぜか二品目で揉めるセリアとユキナ。

俺としてはどちらでも良いような気がするのだが、二人には拘りがあるらしい。

食の好みばかりは合わないものがあるのも仕方ない。

とはいえ、喧嘩は良くないのでこの辺で止めておこう。

「……両方作ればいいんじゃないか？」

「あっ、確かにです」

「それがいいわね」

　ふう。

　どうにか丸く収まったようだ。

「じゃあ、私買い物行ってきますね！」

「セリアだけじゃ心配だから、私もついていくわ」

「一人で大丈夫ですよ!?　子供じゃないんですから！」

「セリアじゃマカロニ買い忘れそうだし」

「あっ、忘れてました」

「ほら」

　二人が仲良く買い物に出た後の部屋は、一気に静かになった。

「セリアさんとユキナさん、仲良いんですね」

　ニーナが遠慮がちに話しかけてきた。

「だな。ちょっと羨ましいよ」

「え？　アルスさんもお二人と仲良しですよね？」

「俺は……なんか違う気がする。ずっと友達ではいられないのかも」

　特にセリアは隙を見せれば結婚の話が出てきて油断ならないし、ユキナとの関係も一歩間違えればあちらに行きそうで危うい。

　男女の間での友情には厳しいものがあるのだろう。

◇

セリアとユキナの二人が買い物から戻ってきた後、すぐに夕食作りに取り掛かった。

二人は早速料理に取り掛かる。

料理はできると言っていた二人だったが、俺にはどこかぎこちなく見えた。

レシピがうろ覚えなのか、常にワンテンポ遅れているし、手つきもおよそ料理に慣れているとは思えない動き。見ていて心配になる。

「えっと……大丈夫なんだよな？」

「はい、多分！」

「ユキナも、不安なところはないか？」

「……多分」

多分ほど心配になる言葉もないのだが、大丈夫と言っているからには信じることとしよう。

しかし、これほど不安要素だらけの中、何も起こらないはずもなく。

「や、やってしまいました……ハンバーグが炭に……。あと、ジャガイモが消滅しました」

「ああ……マカロニがべちゃべちゃ。……どうして？」

もはや、どうやって失敗したのかわからないくらいに壊滅的なことになってしまっている。

「えっと……念のため聞くんだが、二人とも本当に料理したことあるんだよな？」

「はい！」

「もちろん」

「いつもは上手くいってるのか？」

「……」

「……」

なぜそこで黙る!?

ユキナはともかく、セリアはかなり自信がありそうだった。

いったいどこから出てくる自信だったんだ……？

「ま、まあレシピは一応記憶してたみたいだし、努力は伝わるよ」

「今回こそは上手くいくと思ったのですが……」

「はあ……どうしてこうも上手くいかないのかしら」

料理というものは、分量通り・時間通りを守れば誰でもそこそこの味になるはずなのだが、どうしてこうなるんだろうな？

……まあ、今更どうこう言ってもしょうがない。

これではさすがに食べられないので、食べられるようにするとしよう。

「一旦、元の状態に戻すぞ」

俺は、『リペア』で失敗してしまった料理を素材に戻した。

「今度は一緒にやってみよう」

俺もさほど料理は上手くないが、レシピの通りに調理することで、最低限食べられる程度の味にはできる。

「アルスすごいです！」

「これはなかなかできることじゃないわよ」

「いや、普通に当たり前のことをやってるだけだからな!?」

やれやれ。

こうして調理を続けること約一時間。

ようやく完成に漕ぎつけた。

難しいメニューではなかったのだが、セリアとユキナの二人に料理を教えながらだったため、やや時間がかかってしまった。

お腹が空いていることもあって、完成度以上に美味しそうに感じる。

さて、それでは食べるとしよう。

「わあっ！　美味しいです～！」

「すごい……こんなにちゃんとしたのができるのね！」

「パパなんでもできる～」

レシピ通りに進めただけでこれほど感激されるとは思わなかったが、確かに味は美味しい。

これなら、あえて自炊した甲斐があったというものだ。

少し多めに作っていたのだが、残ることなく綺麗に完食してしまったのだった。

◇

その頃、マリアの足取り調査を引き受けたクリスは冒険者が集まる酒場を訪れていた。

夜の酒場は、仕事を終えた冒険者たちの溜まり場となっている。

クリスは酒場に入るなり、冒険者たちに次々と声を掛けられた。

「おっ、クリス！　お前結婚したんだってな！」

「こりゃめでてえ！」

「つたく、王都にいるんなら、たまには顔出せよな！」

数日前にもクリスは酒場を訪れているのだが、その際に話したことが広まっていたらしい。

次々と祝福の言葉がかけられる。

「みんな、ありがとな。時々にはなるだろうが、また顔出させてもらうぜ」

いつでも迎えてくれるここのアットホームな空気感が心地よい。

ここには若い頃にしのぎを削った、言わば戦友のような存在がたくさんいる。

独身時代に比べれば通える頻度は減ったが、それでもクリスにとって定期的に訪れたくなる場所がここである。

（いかんいかん、今日ここに来た目的を果たさなくては）

用もなく訪れたい場所だが、今日はアルスから引き受けた大事な要件がある。

クリスは、情報通……というより噂通のエルンの近くの席に座った。

そして、エルフの件について尋ねようとしたときだった。

「おいクリス、新勇者の話聞いたか？」

唐突にエルンの方から話しかけられ、クリスはタイミングを失ってしまう。

（エルフの件は後で聞くか）

それよりも、今は新勇者のことが気になる。

「新勇者の一人ガリウスってやつが、『レッド・デビルズ』と絡みがあるらしいんだ」

『レッド・デビルズ』は王都では有名な犯罪ギルドであり、誰もが知っている。

「ガセじゃないのか？」

「いや、そうでもない。結構いろいろなところで見たってやつが多いんだ」

「ふ〜む」

「それで、ガリウスって勇者は『レッド・デビルズ』に依頼を出したらしいんだが、どんな依頼を出したと思う？」

「見当もつかん」

「あくまで噂だが、旧勇者の暗殺なんだってさ」

「どうしてわざわざそんなことを？」

「それを今調べてるんだ。しっかし、狙うにしてもよくわかんねーのが、付与魔術師のアルス？　とかいう元勇者を狙ってるんだってさ。別に勇者の中で別に目立ってたわけじゃねーのに――」

「アルスだと……？」

いつものゴシップだろうと話半分で聞き流していたクリスだったが、アルスの名前が出たことで強烈に興味を引きつけられた。

「え？　ああ……。なんか今日はしっかり聞いてくれるんだな。どうかしたのか？」

「いや……。ちょっと個人的にそれは気になっていてな。ガリウスという勇者がアルスを狙ってるってのは確かなのか？　冗談はいらんぞ」

「九〇パーセントくらいの確度って感じだな。これに関してはほぼ間違いない」

「……ふむ」

「けど、失敗したとかって話もある。まあ、詳しく聞きたきゃビール奢(おご)れ」

第五章　レッド・デビルズ

翌日の朝九時。

ピンポンと部屋のチャイムが鳴った。

「俺だ、クリスだ」

ガチャ。

俺はすぐに扉を開け、クリスを招き入れた。

「まず、エルフの件についてわかった」

「本当か!?」

「ああ。それで、肝心の購入者なんだが……これが少々厄介そうでな」

「譲ってくれなさそうなのか？」

クリスはこくんと頷く。

「フィーラ・フォレストという女勇者が買ったらしい」

「フィーラ……って、あいつか！」

謁見の間でガリウスたちと一緒にいた新勇者の一人だ。

「でも、勇者がなんで奴隷なんて……？」

「それはわからん。で、奇妙なことにフィーラはここ一週間ほどでマリアを含めて男女合計で一〇〇体以上の奴隷を買い漁（あさ）っているらしい。はっきり言って、この数は異常だ。何か臭う」

これほどの数の奴隷の用途……となると、労働力として使うくらいしか思いつかない。

しかし、勇者がわざわざ奴隷を買って労働させるのか？　というと疑問が湧く。

「かなり不気味だな」

「売ってもらえればいいが、用途によっては果たして手放すかどうか……」

「とりあえず、連絡を取ってみるよ」

勇者も依頼を受ける際には必ずギルドを訪れる。

そのため、ギルドを通せばフィーラと連絡が取れるはずだ。

「クリス、サンキューな！　すぐ行ってくる！」

持ち主さえわかれば、後は交渉を持ちかけるだけ。

ということで、ギルドへ向かう準備を始めようとしたのだが――

「おい、待て！　まだ話は終わってない！」

「え？」

「アルスに伝えておきたいことがもう一つあるんだ」

「俺に……？」

「アルス、王国に来る途中に誰かに襲われなかったか？」

確かに、俺は魔の森を抜けた先のキャンプで何者かが寄越したという暗殺者に狙われた。

「どうして知ってるんだ……？」

「昨日、ちょっとした噂を耳にしたんだ。やはり事実だったか……」

クリスは、心配そうに俺を見つめた。

「暗殺者は『レッド・デビルズ』の一味だったな？」

「そ、そこまでわかるのか……!?」

どこをどう調べたらこんな情報が出てきたんだ……？

「となると、アレも事実の可能性が高いな……」

「他にも何かあるのか？」

「アルスは、暗殺者が誰の依頼を受けていたかは知らないな？」

「ああ。聞き出そうとしたら、暗殺者が呪刻魔法で口封じされてて、どうにもこうにも……」

「そうか、なら調べてきて良かった。……いいか、よく聞け」

クリスは大きく息を吐いてから、説明を始めた。

「アルスに刺客(しかく)を仕向けたのは、勇者ガリウスの可能性が高い」

「え？　ガリウス!?」

ガリウス・シェフィールド。

謁見の間にて、国王の指示により俺と戦った剣の勇者だ。

「ガリウスは、たびたび『レッド・デビルズ』と繋がりがあることが目撃されている。確たる証拠はないが、状況的にはガリウスが怪しい」

「そうなのか……あいつが？」

完全にノーマークだった。

そもそも、俺とガリウスが初めて顔を合わせたのが謁見の間。

暗殺者が襲ってきたのは、王都への移動中だから、事実ならガリウスは会ったこともない相手を殺そうとしたということになる。

「いや……でも、それなら辻褄が合うな」

謁見の間にて、ガリウスと決闘を終えた後。

ガリウスはなぜか俺が弱いことに違和感を抱いていたようだった。

あの時は俺の演技が不十分だったせいだと思っていたが、違うとしたら？

仮に、あの時点で俺の暗殺に失敗したことを知っていたのだとすれば……。

俺の実力があんなものではないと、事実ベースで知っていたとすれば……。

あの反応にも納得がいく。

でも、俺を狙う理由の部分がわからない。

ガリウスは正式に国王から勇者として選ばれた。

あの時点では、俺が新勇者パーティに加入する話になっていたはず。

状況的には、これから仲間になる俺をあえて殺そうとした……ということになる。

パーティの弱体化は、ガリウスにとってもメリットはないはずだ。

「……ガリウスが黒幕だとしたら、どうして俺を殺そうとしたんだ？」

「それがわからないんだ。気分屋なのか、サイコパスなのか。そんなところだろうと言われているが、どうも納得いかない」

「そうだよな」

「性格的なところで言えば……ガリウスはめちゃくちゃプライドが高いらしい。それで言うと、俺としては、アルスにパーティを乗っ取られるとでも思ったってのを推しておきたい」

プライド……あっ、そういうことか！

「クリス、多分それだ」

「は？」

「実は、長くなるから話せてなかったんだが――」

俺は、王都に来ることになった経緯と、謁見の間での出来事を話した。

「なるほど、アルスがパーティリーダーになる予定になっていたのか……これで繋がったな」

国王は、俺を新勇者のパーティリーダーに指名した。

ガリウスは国王の決断を気に入らず、俺を消すことでその座を我が物にしようとした――と考えれば、辻褄が合う。

「王都の中ということも関係してるかもしれないけど、俺が勇者を辞退してから『レッド・デビルズ』には襲われてない。そういうことなんだと思う」

ガリウスの立場としては、俺の生き死には関係ない。

己の地位が確立される『結果』を重要視している。

俺が勇者と何の関係もなくなった今では、ガリウスは俺に対する興味を失ってしまった――

というのが俺の推理である。

「つまり、既に危機は去っていたのか。……杞憂(きゆう)で良かった」

もう俺が命を狙われることがないとわかると、クリスはほっと息を吐いた。

かなり心配してくれていたようだ。

「クリス、改めていろいろとありがとな」

「礼には及ばんよ。それより、エルフの件を急いだほうがいいんじゃないか?」

「……そうだな。今からギルドに行ってくる」

俺はクリスと別れ、セリアたちを連れて冒険者ギルドに向かった。

アルスが加入を辞退したため、新勇者パーティは、ガリウス、フィーラ、マグエル、セレスの四名で発足することとなった。

なお、新勇者のパーティリーダーは本人の希望通り、ガリウスに任せられた。

ガリウス邸。

「ふっ、最高の気分だ」

望み通りのポジションを手にしたガリウスは、機嫌よく身支度をしていた。

今日は、記念すべき勇者パーティの初陣である。

ピンポン。

そんな折、ガリウスのもとへ来客があった。

ガリウスは扉を開けるや否や、客を見て顔を顰めた。

「家には尋ねて来るなと言っただろ！　誰かに見られでもしたらどうする!?」

尋ねてきたのは犯罪ギルド『レッド・デビルズ』のギルドリーダー、ヘンリック・フューリー。

ヘンリックは、白髪ロングヘアーと白髭が特徴的な壮年男性である。

身長は一九〇センチもの大柄。

ガリウスも大柄なのだが、ヘンリックと並ぶと小さく見える。

ガリウスが『レッド・デビルズ』に依頼を出す際の窓口はいつもこの男である。

「ふん、相変わらず小さい男だな」

という言葉は、精神と身長を指したダブルミーニング。

すなわち、ヘンリックなりのギャグである。

「……中に入れ。で、要件はなんだ？」

外から見えないよう扉を閉め、二人は玄関でそのまま話を始めた。

「これを返しにきた」

言いながら、ヘンリックが差し出したのは重量感のある小包。

ガリウスは無言で受け取る。

「……金？」

小包の中には、現金五〇〇万ジュエルが入っていた。

「アルス・フォルレーゼの暗殺に失敗したからな。失敗の場合は着手金を抜いた金を返す契約だろう」

「へえ。犯罪ギルドなんかやってる割には律儀だな」

「当たり前だ。俺たちは顔で商売やってんだ」

内心、ガリウスはほくそ笑んでいた。

アルス・フォルレーゼの件は、何もせずとも解決した。

アルスは新勇者に加わる気がなく辞退し、その結果ガリウスが繰り上がる形でパーティリーダーの座に就くことができた。

目的を達成したうえ、金まで返ってきたのだ。

ガリウスは笑いを堪えるのに必死だった。

「それで、あんたがわざわざ金だけ返しに来たのか？」

ヘンリックは、『レッド・デビルズ』のギルドリーダー。

この立場の人間が単にお使いに来たとは思えないという意味での質問だった。

「ふっ、そのまさかだ」

「マジかよ」

「あと、金を返すついでに依頼主だったお前にも一応伝えておこうと思ってな」

「何を？」

「我々は、メンツにかけてアルスとかいうクソガキをぶっ殺すということだ」

「え、再依頼なんかしねーぞ？」

「これは依頼とは関係ない！　我々はアルス・フォルレーゼの暗殺に失敗した結果……三人の同胞を失ったのだ」

そう言った後、ヘンリックは眉をしかめる。

「こうまでされて、我が『レッド・デビルズ』が黙っているわけにはいかん。ケジメとして、お前にこう宣言しに来たのだ！」

「へえ……なるほど」

……と返事をしつつも、ガリウスは内心はどうでも良いと思っていた。

もはや、あえてアルスを殺そうとも思わないが、殺そうとする勢力を止めるほどでもない。

無関心――と呼ぶべき状態だった。

「じゃ、俺そろそろ出るから。また依頼あるときはよろしく」

ガリウスはヘンリックを帰らせると、自身もすぐに出発したのだった。

◇

ガリウスはフィーラたち三人のメンバーと王都内で合流した後、すぐに村を出た。

初陣の舞台は、王都から北に三キロほど離れた場所にある『カタリナ洞窟』。

この洞窟は、王都から近いこともあり、手強い魔物はほとんどいない。

初陣にあえてここを選んだのには、理由がある。

新勇者の四人は、まだ別々の冒険者パーティ出身者の寄せ集めでしかない。

これから互いの実力を把握し、パーティとしてまとまるためには、このくらいの狩場がちょうど良かったのである。

王都から近いこともあり、三〇分ほどで到着した。

「よし、洞窟に入ったらリーダーの俺の言うことを聞けよ？　わかったな？」

『勇者パーティのパーティリーダー』という肩書きを手に入れたガリウスは、自分ですらも気が付かない間に気が大きくなっていた。

これにイラっとした表情を浮かべるのは、魔法師のフィーラ。

「ん？　なんだその態度は？　知らないわけがないはずだが、勇者パーティにおいて、リーダーの指示・命令は絶対だ。嫌ならパーティを抜けてもいいんだぜ？」

調子に乗ったガリウスは追放をちらつかせ、指示に従うように要求。

しかし、フィーラたちは最初から従うつもりはなかった。

「ああ……哀れなピエロね」

「誰がピエロ……がはっ！」

ガリウスが言葉を返そうとした瞬間。

ズンッ！

突如、背中から冷たい刃物が突き刺さったのだった。

「槍!?　マ、マグエル……て、てめえ何考えてやがる!?」

すぐに味方のはずのマグエルに突き刺されたことに気が付いたガリウスは、声を荒らげて抗議した。

「へへっ……ふんっ！」

ニヤニヤと邪悪な笑みを浮かべた後、マグエルは刺さった槍を引っこ抜いた。

「うあああああああああああっ!?」

強烈な痛みがガリウスを襲う。

もはや立ち上がることもできず、ひんやりとした土の地面から一歩も動けない。

傷は数多くの血管・神経が通る背中を貫通していた。

意識が朦朧とする中、ガリウスは、これが致命傷だということを既に悟っていた。

「な、なんで……俺、悪かった。調子……乗ってた。けど、何もここまで……」

自身の言動を振り返り、反省するガリウス。

しかし、果たしてこれほどの報復をされるほどのことをしただろうか？

「ごめんね？　邪魔なあなたには、最初から死んでもらうつもりだったの」

「ってことだ。悪く思うなよ」

「私たち、グルなの～」

それぞれ、フィーラ、マグエル、セレス。

「最初から……？　それ……どういう……」

三人がガリウスの質問に答えることはなかった。

「マグエル、適当な魔物に処理させなさい」

「お任せください」

マグエルはフィーラの指示を受け、ガリウスを肩に担ぐ。

「がっ……！」

思わず、ガリウスは声が出てしまう。

ガリウスにとっては、ほんの少しの衝撃でも激痛だった。

「どこに連れていく……？」

「洞窟の中だ」

ガリウスは、洞窟の入り口にいた魔物数匹の前に、瀕死のガリウスを投げ入れた。

腹を空かせたウルフがガリウスに食らいつく。

「あああああああっ！」

洞窟の中にガリウスの悲鳴がこだまする。

ガリウスを魔物たちの群に投げ入れた後、すぐにマグエルは踵（きびす）を返して洞窟を出ていこうとする。

「ま、待って……待ってくれ！　俺を置いていかないでくれ!?」

最後の力を振り絞って叫ぶも、助けが来ることはなかった。

バリバリ！　バキ！　バキバキ！

ガリウスの身体にウルフの鋭い牙と爪が入っていく。

怪我さえなければ、一撃で倒せるような魔物。

この状況は、ガリウスにとって屈辱以外の何物でもなかった。

「くそ……なんで俺がこんな目に……！　あいつら、絶対許さね……え……」

抵抗するべくもなく、こうしてガリウスは息絶えたのだった。


ガリウスが息絶えてから、数十分後。

食い荒らされたガリウスの肉体はもう骨と僅かな残骸のみになっていた。

だが、これで終わりではなかった。

食欲を満たしたウルフのうちの一体の身体が煌めく。

「ガウルルル……？」

ウルフの魔力がどんどん強まり、比例して肉体が巨大化する。

直後、『カタリナ洞窟』全体が濃い魔力に包まる。

何か変化が起きようとしていた——

第六章　奪還

王都の冒険者ギルドにて。

「……というわけで、フィーラがギルドに戻ってきたらこの手紙を渡してくれ」

「はい、確かにお預かりしました」

マリアの件でフィーラと交渉する必要がある。

直接話がしたい旨を書いた手紙をギルド職員に預け、ギルドを出ようとした時だった。

「え？」

扉を開けた先にいたのは、新勇者たち三人の姿だった。

フィーラ、マグエル、セレス。

パーティリーダーのガリウスの姿はないようだ。

ギルド職員の話では、朝から冒険に出ているとの話だった。

普通に冒険に出て戻ってきたにしてはまだ時間が早すぎる。

忘れ物でもしたのか？

ともかく、直接話ができるチャンスだ。

「フィーラ」

「？」

俺に話しかけられることを想定していなかったらしい。

フィーラは少し驚きつつ、俺の方を向いた。

「実は、さっきギルドにフィーラ宛の手紙を預けたんだ」

「私に？」

「ああ。あんたが買ったエルフの奴隷の件で直接話がしたい」

疑問符を浮かべるフィーラ。

「ああ……えっと、実は俺たちはマリアっていうエルフの女の子を捜してて、足取りを辿る中で悪いが勝手に調べさせてもらったんだ。フィーラが買ったって聞いたから話をさせてもらいたいんだが……思い当たることはないか？」

クリスの情報は精度が高かったため、俺たちはフィーラが購入者だと確信している。

だが、間違いの可能性もあるため、念のため尋ねた。

「ああ、そういうこと」

どうやら、身に覚えがあるようだ。

「エルフを買ったかどうかは覚えてないけど、まとめて買ったうちの一人に混ざってるのかもしれないわね。それで、話って？」

「譲ってほしいんだ」

「なるほど。どうしようかしら」

フィーラは少し考える素振り（そぶ）りをしてから、答えを出した。

「別にいいわよ。金額次第だけど」

「本当か!?」

こんな簡単に決着するとは思わなかった。

いや、待て。

まだ金額面の調整が終わっていない。

奴隷の相場は一人当たり二五万ジュエルほど。

「五〇万ジュエルでどうだ?」

俺は、相場の二倍の金額を提示。

これでも奴隷の値段としては高いが、ギリギリ常識的な価格だ。

まずはこの金額で様子を見ることにした。

ふっかけてきたら、その時はまた考えよう。

——と身構えていたのだが。

「ああ、それならいいわよ。一人くらい。別に」

なんと、即決で話がまとまってしまった。

確かに、フィーラの口ぶりでは、一〇〇人以上も買い漁っている割には、一人ひとりへの興味は薄いように感じた。

人数を確保することが重要で、誰でも良かったということなのだろうか。

まあ、今は理由なんてなんでもいい。

「よし、じゃあ今日の夜か、明日にでも――」

「お金の用意があるなら、すぐでいいわ」

「え？　でもこれから冒険じゃないのか？」

「いえ、ちょうど今戻ってきたところなの」

どういうことだ？

新勇者たちが初陣の場にしたのは、『カタリナ洞窟』だと聞いている。

ここは、王都から近い場所だが、それでも行ってすぐに帰ってくるような動きでもしなければ、この時間に戻ってくることはないはず。

どれだけ力があろうとあまり関係ない。

洞窟の中でそれぞれの勇者の能力を把握し、調整しながら連携を深めるためには絶対的な時間が必要なはずだ。

「まあ……いろいろとあってね。ガリウスが死んじゃったから、すぐに戻ってきたの。これからギルドにその件を報告しにいくわ。それが終わってからなら、すぐでいいわよ」

「ガリウスが!?」

フィーラはサラッと言っているが、俺にはかなりの衝撃だった。

『カタリナ洞窟』は、それほど強い狩場ではない。

気を抜けば確かに危険はあるが、Ｂランクの冒険者でもしっかり注意すれば問題ない程度の難易度だったはず。

まだ連携面が不十分とはいえ、勇者に抜擢されるほどの冒険者がここで命を落とすなんてことは想像すらできない。

俺は、ガリウスと共に戦ったことはない。

だが、謁見の間で一度剣を交えたことがある。

まともに戦えば当然俺が勝っただろうことは間違いない。

だが、俺が感じた感触としては決してガリウスは弱くなかった。

しかし、仲間たちが死んだというなら、本当に死んだのだろう。

「何があったんだ……？」

「活躍しようと張り切っちゃったのかしらねえ。一人で突っ走っていったと思ったら、途中で動けなくなって、追いついたときには既に……だったの。私たちとしても残念だわ」

嘘だ。

そんなはずはない。

フィーラは何か、嘘をついている。

ガリウス程度の実力なら、『カタリナ洞窟』の魔物は一人で倒せるはずだ。

それに、先に入ったのだとしても、あの程度の魔物を相手にして味方が追いつけないほどの速さで死ぬようなことはないだろう。

どれだけの事故が起ころうと死ぬことはないと言い切れる。

「どうかした？」

「いや、なんでもない」

だが、ここで問い詰めるべきではないな。

ガリウスと俺には何の関係もない。

それに、今はフィーラからマリアを譲ってもらわなければならない。

フィーラたちが嘘をついているのだとしても、今それを明らかにして俺たちに得になることは何一つないのだ。

「そう。じゃあ、少し待っていなさい」

◇

フィーラたちがガリウスの件を報告した後、俺たちはフィーラを引き取るため、王都のはずれにある三階建ての大きな建物の前まで来ていた。

建物はあまり清掃が行き届いていないのか、薄汚れている。

そして、なんとなくどんよりとした雰囲気を感じた。

「……ということだから、エルフの女を連れてきなさい」

フィーラが使用人に指示を伝える。

「承知しました」

使用人はマリアを連れてくるため、建物の中へ入っていった。

フィーラが購入した一〇〇人以上の奴隷たちは、この建物の中で生活しているらしい。

建物の窓を見ると、逃げ出せないよう塞がれているのが見える。

「こんなところに押し込まれてるんですね。奴隷の人たちって……」

セリアが悲しそうに呟いた。

「仕方がない。そういうものだからな」

「せめて、もう少し扱いが良くなればいいんだけどね」

「そうだな」

そんな話をしていると、フィーラの使用人が出てきた。

傍には、縄で縛られたエルフの少女の姿も見えた。

「マリア！」

ニーナが叫ぶ。

どうやら、彼女がマリアで間違いないようだ。

ニーナの声に反応したマリアは、驚いたのと同時に少し笑顔がこぼれていた。

「これが約束の金だ」

言いながら、俺はフィーラに包を渡した。

包みの中には、取り決めた五〇万ジュエルが入っている。

「引き渡して」

「はい」

正しい金額が入っていることを確認すると、フィーラはマリアを俺たちに引き渡すよう、使用人に指示を出した。

縄が解かれ、マリアがこちらにやってくる。

「マリア！」

「ニーナ……？」

ニーナとマリアの二人は、互いに抱き合って喜びを表した。

ニーナは涙を浮かべているが、マリアはきょとんとしている。

未だ何が起こっているのかいまいち理解できていないのだろう”

「あの子のためにわざわざ買ったの？」

フィーラが尋ねてきた。

「……まあな」

「ふうん。あなたお人好しなのね」

確かに、普通は縁も所縁もない奴隷を助け出したばかりか、少しの繋がりがあることがわかったとしても、その妹まで捜し出して、持ち主から買い取るようなことはしない。

俺がしたいからしただけなのだが、傍から見ればお人好しに見えるのかもしれない。

「そんなあなたには、良いことを教えてあげる」

「……？」

「今すぐ王都を出て行ったほうがいいわ」

「は？」

何を言い出すかと思えば、何のつもりだ？

「最近はいろいろと物騒だから」

「王都の治安が悪いのは昔からのことだろ？」

「まあ、そうだけど」

王都には、たくさんの人が定住しているばかりではなく、人の往来も激しい。

貧富の格差が深刻なこともあって、犯罪は多い傾向にある。

しかしこれはフィーラにも言ったように、今に始まった話ではない。

「私は勇者だから、いろいろと知っているの。忠告はしたわよ。お人好しのあなたは何かあったらすぐに首を突っ込みそうだから、離れていたほうがいいんじゃないって。まあ、これは私のただの老婆心。好きにすればいいわ」

「何か知ってるのか？」

「さあ？　好きなように想像して」

……。

情報が少なすぎる。

考えるだけ無駄か。

「まあ、どうせすぐに王都は離れるつもりだったよ。忠告サンキューな」

どうせ、これから向かう先はエルフの里だ。

ニーナとマリアを拉致の恐れがあるままにしておくことはできない。

マリアを奪還したのは、ただの通過点に過ぎない。

二人の安全を確保して、ようやくゴールなのだ。

「そう。それなら良かった」

最後にそう言い残して。フィーラは俺たちの前を去ったのだった。

ともかく。

こうして、俺たちは無事にマリアの奪還に成功。

ニーナとマリアを再会させることができた。

俺たちが泊まっている宿の方を目指して移動しつつ、混乱中のマリアに状況を伝えた。

ニーナとの出会い。

俺にとっても二人は縁があること。

二人をエルフの里に必ず返すこと。

ベルガルム村を出てからいろいろとあったが、マリアに関係のある話に絞ればそれほどボリュームは大きくない。

一〇分ほどかけて丁寧に話したところ、しっかり伝わったようだった。

「なるほど……私を買ってくれた理由がわかりました！　それに、お姉ちゃんのことまで……。ほんっとうにありがとうございます！」

マリアは深々と頭を下げ、感謝の意を示した。

俺のエゴでやってきたことではあるが、こうして感謝されるのは素直に嬉しい。

「良かったですね！」

「私たちのほうがほっとしてるかも……」

セリアとユキナの表情は、さっきまでより緩んで見える。

確かに、難所はクリアした。

だが、まだ決着したわけではない。

油断は禁物だ。

「二人を無事にエルフの里に帰すまで、まだ仕事は終わってない。明日には王都を出よう」

「わかりました！」

「確かにそうね。気を抜かずにいきましょう」

「パパは慎重なの〜」

こうして、気合いを入れ直したときだった。

ヒュー―ッ！

突如、風を切り裂くような空気の振動を感じた。

何かがこちらに飛んでくる。

この音は――

「……矢？」

かなり近くから放たれたようで、さすがの俺でも反応しきれない。

「ア、アルス!?」

セリアが叫ぶが、もう遅い。

既に衝突は避けられない。

カアアアアアアンッッ!!

近距離から放たれた矢は俺の背中を貫いた……かに見えた。

「ん？」

矢は俺の背中に衝突したものの、俺の身体に傷をつけるまでには至らなかった。

服すらも傷ついていない。

矢が地面に落ちたらしく、俺の足元でカランッと音を立てた。

金属製の矢。

背中を狙われたことを考慮すると、普通の冒険者なら即死していただろう。

「アルス!?　平気なのですか!?」

「な、何が起こったの!?　矢!?　っていうか怪我は!?」

二人は俺の身体を心配してくれるが、俺は止めるようジェスチャーで促す。

「心配ない。それより――」

言いながら、俺は付与魔法を準備する。

『防御力強化』×４
対象は、セリア、ユキナ、ニーナ、マリアの四人。

明確に俺への殺意を感じた攻撃だったが、狙いが俺とは断言できない。

それに、複数犯あるいは次の攻撃の流れ弾が飛んでくる可能性もある。

俺よりも、四人への被害のほうが心配だ。

「シルフィは隠れてくれ」

「うん！」

俺の指示を受けたシルフィはすぐに精霊界に避難。

ようやくこれで少し安心できる。

「アルス、さっきのはいったい……？」

「こんなこともあろうかと、俺は常に魔力壁を展開してたんだ」

「なんですかそれ!?」

「説明は後だ」

魔力壁。

文字通り、魔力による壁のことだ。

常に『魔力探知』で周りを警戒していたとしても、万が一の可能性もある。

冒険者の格言として、『不測の事態を予測しろ』という言葉がある。

俺は、これに倣う形で常に目には見えない、薄く硬い壁を展開している。

普通の魔物や冒険者程度なら、寝込みを襲ったとしても俺に傷一つつけられない。

この壁を破れるとすれば、つい最近戦ったゲリラダンジョンのボスや、セリア・ユキナから全力の攻撃を受けたときくらいだろう。

俺を攻撃してきた弓術士はそれほど強くなかった。

この程度なら何の問題もない。

まさか周りに人が普通にいる街の中で攻撃を受けるとは思わなかったが。

さて、こちらの態勢が整ったことだし、反撃といくか。

「多分、攻撃してきたのは『レッド・デビルズ』の暗殺者だ」

『レッド・デビルズ』は、魔の森のキャンプで見張りをしていた俺を襲ったところ、ナルドを怪我させた暗殺者が属していた組織。

あの時と同じだった。

矢が飛んできた方向から暗殺者と思しき魔力は感じられない。

「王都に来るときに攻撃してきた人たちですよね？　でも、ガリウスがアルスの命を狙う理由はなくなったって話でしたけど……」

「そもそもガリウスは今朝亡くなったわ」

「そ、それもそうですね……」

俺も、これがよくわからない。

ガリウスは関係がなかったのか？

それともガリウスとは関係がない人物からの恨みをいつの間にか買っていたのか？

まあ、どうでもいい。

「理由なんて、捕まえてからゆっくり聞き出せばいいだけの話だ」

俺はそう言った後、感覚を研ぎ澄ませる。

幸い、今回の暗殺者は近くにいることがわかっている。


視覚情報による推測。

呼吸による空気の振動。

僅かな人の香り。


これらを頼りに、『魔力探知』に頼らない技術で暗殺者を探す。

普通の人に紛れたとしても、興奮により呼吸が荒かったり、汗をかいていたり、何か他の人間とは異なる特徴があるはずだ。

数秒が経ち――

「見つけた。そこだな？」

俺は、路地裏に隠れていた暗殺者に向かって走り出す。

暗殺者は失敗時にすぐに逃げたほうがリスクが高いと思って留まっていたようだが、今回ばかりは裏目に出たな。

「ど、どうして!?」

俺に見つかった暗殺者は、慌てた様子で逃走を図る。

暗殺者はどうやら女性のようだった。

年齢は俺たちより少し上くらい。

なかなか素早い動きを見せる暗殺者だが、俺が慌てる必要はない。

俺たちは一人ではないからだ。

「逃がしませんよ」

「観念するのね」

セリアとユキナに挟まれた暗殺者は万事休す。

「くっ……そんな！」

その場に立ち止まり、頭を抱える暗殺者。

どうやら、観念したようだ。

「誰からの指示だ？」

「い、言えない！」

そりゃあ、そうだろう。

以前に遭遇した暗殺者は、秘密を暴露すると死ぬ魔法がかけられていた。

この子も同じ状況なのだろう。

「そうか。じゃあ――」

俺は、左手を暗殺者に向ける。

そして、『火球（ファイア・ボール）』。

俺の左手から放たれた火の球は暗殺者の胸に一直線に飛んで行き――

ドオオオオオオオンッ！

と大きな音を立てた。

衝撃により暗殺者の身体は吹き飛ばされ、近くの壁に激突する。

その後、暗殺者はピクリとも動かなくなった。

「ア、アルス!?」

「そこまでしなくても……ほぼ捕まえていたようなものだったし……」

俺の突然の行動にセリアとユキナの二人は驚きを隠せないようだった。

「俺たちを殺そうとした相手に情けをかける必要があるか？」

俺は、あえて冷徹な口調で言い放った。

「そ、それは……でも」

「アルスだって、依頼主の情報を聞き出そうとしてたじゃない!?」

「それはそうだが、話せないんじゃこうするしかない」

二人の俺を見る目が少し冷たくなってしまった気がする。

「何か誤解してないか？　俺は聖人君子じゃない」

「こ、こんなのアルスらしくないです……」

「急にどうして？　今までそんな素振り一度も……」

俺を避けるかのように後退るセリアとユキナ。

どうやら、恐れさせてしまったらしい。

俺はそんな二人を置いて、動かなくなった暗殺者のもとへ。

「供養くらいはしてやるよ」

俺は暗殺者の身体を持ち上げ、アイテムスロットに収納した。

「どうした？　もう行くぞ」

その場で固まっていた二人に声を掛け、俺たち四人はこの場を後にした。

「アルス……どこに向かっているのですか？」

宿とは別の方向へ足を進めていると、不審に思ったのかセリアが尋ねてきた。

「西門だ」

「どういうことですか？」

「何も用事はなかったはずだけど……？」

四人には西門へ向かう理由を話していないので、当然わかるはずもない。

「いいからついてきてくれ」

俺はそれだけ説明し、王都の東を目指した。

西門に到着。

周りに俺たち以外に誰もいないことを確認してから、俺は口を開いた。

「四人とも、騙していて悪かったな」

きょとんとした表情を浮かべる四人。

俺はアイテムスロットから暗殺者を取り出した。

「……」

「……」

「……」

「……」

ピクリとも動かない暗殺者を見て、目を逸らす四人。

「実は、この子は死んでないんだ」

「え？」

「どういうこと？」

俺の演技にすっかり騙されていた四人は驚きの声を上げた。

俺は、左手を暗殺者へ向ける。

『仮死解除』。

すると、暗殺者は意識を取り戻した。

「え……？　私……えっ!?」

状況が理解できないのか、混乱しているようだった。

混乱しているのは、暗殺者本人だけではない。

「ど、どういうことなのですか!?」

「生き返らせたってこと……？」

一連の流れを見ていたセリアたち四人のほうが驚いているかもしれない。

まるで、俺が死者を蘇らせたかのように見えたはずだ。

「説明したいのはやまやまなんだが……その前に」

俺は再度、左手を暗殺者に向ける。

暗殺者の身体に掛けられた、死亡トリガー付きの呪刻魔法を外すイメージを付与する。

『呪刻魔法解除』。

「……!?」

呪刻魔法が解除される感覚を感じとったのだろう。

暗殺者はビクッと身体を揺らした。

「もうこれで大丈夫だ。何を話しても君が死ぬことはない」

「す、すごい……！　どうやって……。あっ、えっと、なんとお礼をして良いか……と、というか謝らせてください……！　私、あなたを殺そうとして……」

「まあ、待て。一旦落ち着こう。深呼吸な？」

暗殺者が落ち着くのを待つ間、一連の流れの秘密をセリアたちへ説明しておくこととしよう。

「いったい何が起こっているのですか……？」

「死んだように見えたのは気のせいだったってこと……？」

セリアの問いに頷いた後、説明を始める。

「実は、『火球（ファイア・ボール）』は当てる直前に『防御力強化』を付与したんだ。だから、ほとんど『火球（ファイア・ボール）』によるダメージはなかったはずだ」

これに加えて、実は『火球（ファイア・ボール）』の出力自体もかなり抑えていた。

俺は最初から殺す気などなかったのだ。

「そして、俺の攻撃を受けてから動かなくなったのは、仮初（かりそ）めの死をイメージした付与魔法『仮死』を付与したからなんだ。まるで本当に死んだみたいだっただろ？」

『仮死』を付与したことにより、動かなくなるだけではなく、暗殺者の顔は血の気を失って白くなっていた。

四人が直感的に死亡と誤解したのはこれが理由だったはずだ。

「アルスに最初から殺意がなかったことはわかりました。けど、どうして私たちを騙すようなことをしたのですか？」

「そうよ。説明してくれればこんなにドキドキしなくて済んだのに……」

さっきまでのような冷たい視線はいつの間にか消えていた。

特にセリアとユキナからの失望したような視線は辛かったので、心が落ち着く……。

「それは、この子が死んだことにならないと不味かったからだ」

「死んだことにならないと……ですか？」

「ああ。多分だが、誰か他に暗殺の様子を見ていた仲間がいたはずだ。そうだろ？」

言いながら、暗殺者の方を見る。

「ど、どうしてわかるのですか!?」

「そういう気配を感じたからだ。『周辺探知』ではわからなかったが、感覚を研ぎ澄ませて注意深く周りを観察すればそのくらい気付く」

一呼吸入れて、説明を再開する。

「『レッド・デビルズ』については、いろいろとキナ臭い噂を聞いたことがある。普通の冒険者の弱みを握ることで脅して加入させているらしい。例えば、裏切って逃げ出したら、家族を殺す――とかな」

俺の言葉に反応し、ビクッと肩を揺らす暗殺者。

どうやら、噂は事実だったらしい。

「本当の意味で解放するには、一度死んでもらうしかなかった。呪刻魔法の解除のためにわざわざこんなところまで来たのもそれが理由だ」

「な、なるほど……！　納得しました」

「そこまで考えてのことだったのね。……さすがはアルスだわ」

少し長い説明になってしまったが、これで納得してくれたようだ。

「……というわけで、お節介をさせてもらった。見つからないうちに逃げるといい」

「そんな！　お節介なんてとんでもないです！　ほ、本当にありがとうございます。これでようやく故郷に帰れます。うぅ……」

涙を浮かべて喜ぶ暗殺者。

良い子そうな雰囲気を感じる。

命令されたからとはいえ、反社会的な行動は自分自身を苦しめていたのだろう。

「あ、それで……できれば、誰の依頼だったか教えてもらっていいか？」

ようやく本題に入れる。

俺がこの暗殺者のために世話を焼いたのは、不憫（ふびん）だったからというのも理由の一つではあった。

だが、それ以上にこれを知りたかったのだ。

「わかりました。私が知る限りのことはお答えします」

暗殺者は胸に手を当ててスウッと深呼吸した。

呪刻魔法は、俺がついさっき解除してある。

だが、ずっと恐怖で支配されていたことによる心の傷までは回復することはできない。

もう大丈夫とわかりつつも、内心では事実を話すことを恐れているのだろう。

暗殺者は、声を震わせながらも言葉を紡ぎ始めた。

「アルスさんの命を狙った依頼人は、二人います」

「二人!?」

「はい。最初の依頼人は、ガリウスという方で……驚くかもしれませんが、先日勇者になった方です」

「やっぱりあの時のはガリウスが依頼人だったのか……」

「お気づきだったのですか!?」

「ああ。まあな」

暗殺者にとっては俺の反応が意外だったらしく、かなり驚いているようだった。

「それで二人目は？」

「あっ……はい！　二人目は、『レッド・デビルズ』のギルドマスター、ヘンリック・ヒューリーの命令でした。依頼を受けての命令ではなかったようです」

依頼を受けての命令じゃなかっただと!?

「えっ!?　じゃあ、俺がギルドからいつの間にか恨みを買ってた……ってことなのか？」

俺は、これまで『レッド・デビルズ』とは何の関わりもなかった。

基本的に治安維持は衛兵や宮廷騎士団の仕事。

少なくとも勇者として活動していた中で俺が恨みを買うようなことは、俺が記憶している限りではなかったはずだ。

「すごく理不尽な理由なのですが……今回、二度目のアルスさん暗殺を企てたのは、勇者ガリウスから受けた依頼を、我々が達成できなかったことにありました」

「どういうことだ？」

「『レッド・デビルズ』……というより、現在のギルドマスターのヘンリックは、すごく体裁を気にするんです。つまり、アルスさんの暗殺に失敗したままにするわけにはいかなかったため、依頼とは関係なく暗殺を企てたということです」

「……なるほど、そういうことか」

ようやく全貌が掴めた。

そりゃあいくら考えてもわからなかったはずだ。

「と、ということは、アルスはずっと命を狙われるということですか!?」

「そう……なります。ヘンリックの意思が変わらないうちは状況は変わらないと思います」

「そんな！」

「面倒な組織を敵に回しちゃったわね……」

確かに安心して過ごせないのは厄介ではある。

だが、俺にとっては致命的な問題とまでは言えない。

なぜなら――

「確かに面倒だが、さっき見せたようにどんな攻撃をしようと俺を殺すことはできない。それに、セリアとユキナが俺を守ってくれるだろ？」

「それはそうです！　私がアルスをお守りすれば……確かにです」

「そうね。油断していたから不意打ちされたけど、常に気を張っていれば、攻撃も未然に防げるかもしれないわ」

それと、理由はもう一つある。

「それに、『レッド・デビルズ』が活動しているのは王都だけだ。明日にはここを出てエルフの里を目指すだろ？　王都に居さえしなければ問題はない」

「それはそうかもですけど……なんだか悔しいです」

「そうよ。アルスは何も悪くないのに。悪に屈するみたいで……」

それに関しては、確かにそう思わなくもない。

現実的な話として、俺が冒険する目的からいって今後は王都を訪れることは少ない。

だから問題にはならないという話なのだが、見かたによっては犯罪ギルド『レッド・デビルズ』を恐れて事由が制限されているようにも映るとセリアたちは言っているのだ。

「心配するな。その気になれば、あんな組織の一つや二つ消してやればいい。なくなっても誰も困らないし、遠慮する必要もない。だけど、今はそんなことをしている時間が勿体ないと俺は思うんだ」

『レッド・デビルズ』が問題のある組織だということはわかっているし、王都の民のため、ひいては王国の利益のためにはむしろ潰したほうがいい。

だが、それには時間がかかる。

やるにしても、ニーナとマリアをエルフの里に送り届けてからにしたいのだ。

あと、大きな活躍を見せて国王から『やっぱり勇者になってくれ』などと言われるのは困る
……という事情もある。

「アルス……かっこいいです！　そうです！　私もそう思います！」

「確かにそうね。アルスのほうが正しいと思うわ」

ともかく。

俺を狙う理由と、誰に狙われているのかがハッキリしたのは収穫だった。

俺は暗殺者の方を向き、言葉をかける。

「教えてくれてありがとうな。怖かっただろ？」

「とんでもないです。最初、言い始めるときは少し怖かったですけど、皆さんにギルドの秘密を話せたおかげで心がスッとしました。なんか、やり返してやったぞ……って」

「ハハッ、そりゃ良かった」

暗殺者の女性は仮死から解除してすぐのぎこちなかった表情もすっかり自然になっているし、身体の震えも止まっている。

これで、もう問題はなさそうだ。

「本当にありがとうございました！　私、メリナって言います。これから……王都には戻らずに、このまま故郷のスノウリーフ村というところに帰ろうと思いますが……もし近くで困ったことがあったらいつでも立ち寄ってください。アルスさんたちのことは村の人たちに広めてお

きますから！」

そう口に出しながら、頭を下げてくるメリナ。

スノウリーフ村か。

ここからはかなり距離があるが……まあ、戦う能力があれば無事に帰るくらいはできるか。

そんな心配を頭の片隅で思いつつ、言葉を返す。

「わかった。何かあったら頼らせてもらうよ」

こうして、『元』暗殺者のメリナを送り出した後、俺たちは王都へ戻ったのだった。

第七章　カタリナ洞窟

その頃、フィーラは一〇〇人以上の奴隷を詰め込んだ建物の一室で、秘密の会議を執り行っていた。

部屋には、勇者パーティのメンバーであるマグエルとセレスの姿があった。

この三人に加え、『レッド・デビルズ』のギルドマスター、ヘンリックも参加している。

勇者一行と犯罪ギルド『レッド・デビルズ』。

一見、関係があってはいけない二つの組織。

しかし、これらの組織は密接に関係していた。

実は、フィーラたち現勇者の三人こそが『レッド・デビルズ』を取り仕切る黒幕なのである。

フィーラがボス。

マグエルがナンバー２。

セレスがナンバー３である。

『レッド・デビルズ』の表の長を務めるヘンリックの序列はナンバー４。

ヘンリックはギルドマスターでありながら、実は行使できる権限の幅は狭い。

会議はこの四名で行われていたのだが、ヘンリックはフィーラに詰められていた。

「メンツのために殺害計画ねえ。この忙しい時期にお暇なようで羨ましいわ」

フィーラのセリフは、もちろん皮肉である。

「し、しかし我々にとっては重要な問題なのです」

「黙れジジイ。フィーラ様のお考えがわからんのか？　あ？」

マグエルはヘンリックの首根っこを掴み、至近距離で凄んだ。

「別にあんたの代わりなんていくらでもいるんだけど～？　どうすんの？」

セレスも一緒になってヘンリックを詰めている。

「くっ……わ、わかった。取りやめさせる。申し訳ございませんでした……！」

ヘンリックはその場に手を突き、頭を地面に擦り付けて謝罪したのだった。

「わかればいいのよ。さて、ここからが本題」

ヘンリックの態度に満足すると、フィーラは少し間を置いて宣言した。

「ついに明日、計画を実行するわ」

「おおっ……！　ついに……！」

「ようやく私たちの時代が来るんだね」

わっと湧く一同。

「ええ、ようやくよ。じゃあ、明日の流れを説明するわね」

翌日の朝。

これから王都を出るため、宿の部屋で支度をしていたときだった。

ピンポーン。

来客を伝える部屋のチャイムが鳴った。

「こんな朝っぱらから……どなたでしょうか？」

「クリスさんじゃないの？　そういえば、王都を出る前にちゃんと報告しておかないと……」

クリスにはマリアの件もそうだし、宿の紹介やガリウスと『レッド・デビルズ』の関係についての情報提供など、いろいろと世話になった。

改めてお礼を伝えるのはもちろん、王都を出る前に一度会っておきたいと思う。

だが、チャイムを押した人物がクリスではないことは、声でわかった。

「アルス、俺だ！」

扉の向こうから聞こえるのは、俺が以前所属していた旧勇者パーティのリーダー、ナルドの声だった。

ガチャ。

不審な人物ではないことは明らかなので、俺は扉を開けた。

「どうした？　っていうかどうしてここに泊まってること知ってるんだ？」

「ギルドで聞いたんだ。朝っぱらから尋ねて悪かったな……」

ああ……確かに。

そういえば、ギルドには宿泊場所を伝えていた。

フィーラが戻った際に手紙を渡してくれとギルド職員に頼んだのだが、その際に宿泊している宿を聞かれた覚えがある。

「それで、どうしたんだ？」

わざわざ俺たちが宿泊している宿を探してまで来たということは、何か急ぎで……あるいは、直接話さなければならない要件があったのだろう。

「実はアルスたちに、とある依頼を頼みたいんだ」

「依頼？」

「ああ、これがギルドから預かってきた依頼書なんだが」

内ポケットから取り出した依頼書を俺に差し出すナルド。

何がなにやらわからないが、ひとまず受け取る。

「カタリナ洞窟の調査？」

依頼書には、そのような内容が書かれていた。

「実は新勇者のパーティリーダーになったガリウスがここで亡くなったらしくてな」

「そういえば、そんなこともあったな……」

まだ一般公表はされていないが、俺はフィーラから聞いたため知っていた。

「アルスも知ってたのか！　なら話は早い。アルスもわかっているとは思うが、この狩場のレベルでは、普通ガリウスが死ぬことはない」

「そうだな」

一度剣を交えた俺だからわかるが、ガリウスほどの実力者なら無傷で最奥まで行って戻ってくることは容易い。

できたばかりの連携が取れていないパーティとはいえ、勇者として選ばれた者が四人で行って犠牲を出すようなエリアではないことは確かだ。

「実は、この件でギルドは『カタリナ洞窟』を調査してほしいと言ってきてるんだ」

「なるほど」

「冒険者ギルドとしては、新勇者の三人……フィーラ、マグエル、セレスを疑っているらしい。内ゲバでもやったんじゃないかってな」

当然の疑いだろう。

ガリウスがこの狩場の魔物に殺されたとは考えにくいという状況の中、殺そうと思えばいつでも殺せる実力を持つ三人が近くにいたわけだからな。

そして、俺もその可能性が高いと考えている。

言葉では表現しづらいが、フィーラたち三人からはガリウスとは違う意味でどこか気味の悪さを感じていた。

直感的にあいつらならやりかねない――と思ってしまう。

勘だけではなく、数々の違和感もフィーラたちが共謀（きょうぼう）してガリウスを殺害したのだとすれば、綺麗に説明できる。

つまりだ。

疑念を抱いたギルドは、第三者であるナルドたちを使って、『カタリナ洞窟』では、ガリウスが本当に死ぬような状況だったのか調査させたいということだろう。

しかし、一つわからないことがある。

「事情は把握したが、それがどうしたんだ？　受けたのなら向かえばいいと思うが……」

『カタリナ洞窟』なら、ナルドたちが後れをとるような魔物は存在しない。

俺の助けなんていらないだろうし、本当に何の目的で来たのかよくわからない。

「俺もそうは思うんだけどよ。で、でも仮にだぞ……？　仮に本当にガリウスがここで魔物に殺されたってことだったらヤバいんじゃないか……って思うんだ」

「え？」

「こ、怖いんだよ。俺は」

「何がだ……？」

「俺は、アルスが抜けてから……特にゲリラダンジョンでボコボコにされて死を悟ってから、己の弱さを自覚したんだ。もし何かあったときに仲間を守れる自信がねえ」

「……なるほどな」

確かに、客観的に見ればフィーラたちが起こした事件である可能性は高いが、そうではない可能性もなくはないと考えられる。

そうではない可能性……というのは、『カタリナ洞窟』の異常だ。

この世界に絶対はない。

突如、原因不明の理由で魔物が強化され、本当にガリウスは魔物に殺されてしまった……と考えられなくもないのだ。

可能性は限りなく低そうだが……。

「だから、俺はアルスたちへ依頼を回すよう提案したんだ」

「それでギルドは受け入れた……と」

確かに、よく見ると依頼の受託者は俺たちパーティの名前になっていた。

断ることもできそうだが……ん？

「報酬……高いな」

依頼書の報酬欄には一〇〇万ジュエルと書かれていた。

依頼の内容はカタリナ洞窟に生息する魔物の調査のみ。

特定の部位を集めてこいとか、何体の魔物を倒せというような細かな指示もない。

たったこれだけの作業で一〇〇万ジュエル……。

「悪くない条件だろ？　そこも踏まえてどうだ？　ダメか……？」

できるだけ面倒ごとは避けたい俺だったが、マリアの購入費用や、王都での消費で資金が減っているという懐事情は少し問題には感じていた。

依頼を受けなくてもなんとかなると思うが、たった一日遅らせるだけで一〇〇万ジュエルの資金が手に入るとなると……これはさすがに心が動いてしまう。

「ニーナ、マリア。出発は明日でもいいか？」

こうして、俺たちは突発的に降ってきた依頼を引き受けたのだった。

カタリナ洞窟の入り口付近に到着した。

この程度の狩場なら大丈夫だろうということで、ニーナとマリアの二人も一緒に連れてきている。

二人を王都に残しておくのは不安だった。

さすがに戦力としてはカウントできないが、二人はエルフの里では冒険者をしていたそうなので、強化魔法(バフ)さえ付与しておけば、特に問題になることはないだろう。

と、思っていたのだが――

「……なんだ？　この異様な雰囲気は」

ここに来て、それが間違いだと気付くのに時間はかからなかった。

このエリアには相応しくない、強烈な強さの魔力を感じる。

何か様子がおかしい。

もしかして、本当にガリウスはここで……？

いや、でもフィーラたちはこんなこと一言も言ってなかったよな……？

「な、なんだかすごく気持ち悪いです……」

「私も……なんか、変かも……」

ニーナとマリアが青い顔をしてした。

「魔力酔いですかね？」

「ここに来て急に魔力が強まった気がするわね……」

魔力酔い。

突然強い魔力にあてられたことで身体が過敏に反応し、体調を崩す現象のことをいう。

俺たちほど魔力量がない二人には、この環境は苦しいようだ。

普段のこの場所なら魔力酔いを起こすようなことはないはずなのだが……。

とはいえ、乗り物酔いなどと同じで命の危険を伴うようなものではない。

洞窟の入り口を少し進んだところに来て、俺はようやく異変の正体に気が付いた。

「ダンジョンの入り口!?」

なんと、洞窟の入り口には、ダンジョンの入り口であるポータルがあった。

ビリビリと禍々（まがまが）しいオーラを放つポータルからは、尋常ではない魔力を感じる。

「洞窟全体がダンジョン化したのか……？　でも、こんな短時間で……？」

唐突にダンジョンが発生すること自体は珍しくない。

だが、フィーラたちがここに来たのは昨日の話。

昨日なかったものが今日急にここまで大きく成長するのは異常だ。

制限時間の表示はないようなので、ベルガルムで遭遇したようなゲリラダンジョンではないようだが、今回のダンジョンは別の意味で放置できなさそうだった。

「……不安定だな」

普通、ダンジョンの外にこれほど大きな魔力が漏れ出すことはない。

ポータルの外側にいるニーナたちが魔力酔いを起こすほどとなると、かなりの量が漏れ出ているだろうことが予想できる。

太古の時代の話だが、こうした不安定なダンジョンが崩壊し、魔物が外に流出したという話が現在まで伝わっている。

ここは王都にほど近い場所だ。

もし万が一のことがあれば、王都に住む数万人……いや、数十万人の命が失われることになりかねない。

更には、王都には首都機能が集中している。

王都の滅亡はメイル王国の崩壊にも繋がりかねないことを考えれば、放置することはできない。

ここ数百年の間にそのような事故は聞いたことがないが……俺は、直感的にこのダンジョンが長くもたないだろうことを感じていた。

それはともかく。

この状況でニーナとマリアをダンジョンの深い場所まで連れていくことはできない。

「セリア、ユキナ。洞窟の外に出て二人を見ていてくれるか？」

「アルス一人で行くつもりなのですか!?」

「いくらアルスが強いといっても……正気なの!?　一旦王都に戻ってギルドと相談したほうが……」

確かに、発生したダンジョンの攻略は依頼には含まれていない。

あくまでも、俺たちが受けた依頼は『カタリナ洞窟』の調査だからだ。

だが、依頼内容に含まれていなかったとしても冒険者には時に臨機応変な対応を求められる。

王都には、クリスもいる。

新居を探していると言っていたから、長くここに住むつもりなのだろう。

そう考えると、放置する決断はできなかった。

「このダンジョンは、近いうちに崩壊する可能性がある。いつかはわからないが……下手をすればギルドが攻略パーティを組織するまでもたないかもしれない」

「そ、そんな！」

「それは本当なのですか!?」

「二人にもついてきてほしいのはやまやまだが、ニーナとマリアをここに放置するわけにもいかない。……まあ、危なそうならすぐに戻ってくるが。……頼めるか？」

セリアとユキナは一瞬考えて、迷いつつも答えを出した。

「……わかりました」

「アルスが絶対無事に帰ってくるって約束してくれるなら……」

「ああ、約束する」

ポータルの外からざっくりと中の魔力を確認したところ、かなり強い魔物がいそうだが、俺の力が通用しないと感じるほどではない。

というか、もしも俺が逃げることすらも叶わない敵が潜んでいるのなら、誇張抜きに遅かれ早かれ世界は滅亡してしまうだろう。

そうなったら、少し早いか遅いかだけの話だ。

「じゃあ、行ってくる。二人を頼んだ」

ニーナとマリアを二人に任せ、俺はダンジョンの中に潜入した。

ダンジョンの構造は、俺が知る『カタリナ洞窟』と同じだった。

下層や上層などはない平面型のダンジョン。

途中はたくさんの道で分かれており、行き止まりも多数ある。

内部がどのように繋がっているか予め知っていなければ、迷子になってしまいそうだ。

「まあ、俺には関係のない話だがな」

俺はたった一人のダンジョンでそう呟きつつ、道を阻む魔物たちに次々と『火球』を放つ。

魔物の種類は様々だが、この瞬間に狙うは三体。

緑色の肌を持つ人型の魔物、ゴブリン。

鋭い牙を持つ吸血コウモリ、ブラッド・バット。

大型の狼の見た目をした肉食獣、シルバーウルフ。

狙いすました俺の『火球（ファイア・ボール）』は、正確に魔物に衝突し、爆発した。

ドオオオオオンッ!!

ドオオオオオンッ!!

ドオオオオオンッ!!

「ん？」

砂煙が晴れた後に確認すると、魔物の亡骸は五体。

どうやら、爆発に巻き込まれた周りの魔物もついでに始末してしまったようだ。

意図していなかったのだが、ダンジョンの中は魔物の密度がかなり高いため、たまたま近づいてきていた魔物も上手く巻き込めたのだろう。

「よし」

この後も、ダンジョン最奥にいるはずのボスを目指して進む。

道中の魔物もどれも一撃で倒せる程度の強さ。

しかし、強度とは別の部分でなかなかに大変だった。

「……にしても、数が多いな」

まったく休む暇がない。

途中からは全ての魔物を相手にするのではなく、行く手を阻む魔物のみを剣で斬っていくように作戦を変えたものの、これでも数に苦労させられていた。

ダンジョンに入ってから、もう既に一〇〇体以上は倒している気がする。

「パパ！　私、手伝ったほうがいい？」

俺の肩の辺りをいつも通り飛んでいたシルフィがそんな提案をしてきた。

「え？」

シルフィが魔物と戦うなど、今まで想像していなかった。

「シルフィって戦えるのか？」

「ちょっとだけなら大丈夫。私、精霊だから！」

確かに、シルフィが持つ魔力はかなり大きい。

上手く使いこなせれば、このダンジョンにいる程度の魔物に後れをとることはないだろう。

「……とりあえずやってみてくれるか？」

しかし、必ずしも『魔力量』＝『強さ』にはなるわけではない。

任せても問題ないかどうか、確かめ見ることにした。

危なさそうなら俺が加勢すれば良いし、試してみて損はない。

「いくねー！」

シルフィが両手を突き出すと、魔法陣が出現し淡く輝く。

そして――

ドドドドドオオオオンッ!!
ドドドドドオオオオンッ!!
ドドドドドオオオオンッ!!
ドドドドドオオオオンッ!!
ドドドドドオオオオンッ!!

一度に五回の閃光があったかと思えば、一瞬で魔物たちは燃え尽きていたのだった。

「パパ、どう？」

「す、すごいな……」

すべての魔物を一撃で倒した事実を前にして、力を借りない選択肢はない。

これなら安心して任せられそうだ。

「私、やっていい？」

「頼む」

「わかった！」

シルフィは、次々と遠くにいる魔物を魔法で撃破していく。

逆に俺は進路を阻む最低限の魔物だけに注力することで、足を止めることなく前へと進むことができるようになった。

シルフィと分担して雑魚(ざこ)を倒すようにしたことで、劇的にダンジョンの攻略効率が上がっている。

これなら、想定していた以上に速く……そして楽にボスまで辿り着けそうだ。

魔物を倒しながら足を進めること、約二〇分。

ようやくダンジョンの最奥まで辿り着くことができた。

ようやくここでボスと対峙することになる。

俺たちを待ち構えていたのは、巨大なシルバーウルフ。

ボスを前にして、俺は驚かざるをえなかった。

「え……？　ガリウス……？」

見た目がガリウスと似ている……ということではない。

こいつから感じられる魔力の個性が、俺が記憶しているガリウスのものと酷似しているように感じたのだ。

人も魔物も共通して魔力の特徴には個体差がある。

指紋で想像するとわかりやすいかもしれない。

指の模様は個体差があるが、どんな形をしていても『滑り止め』という機能には影響しない。

これと同様に、魔力にもやや個体差があるのだ。

俺が常に使っている『周辺探知』も、この特徴を利用してより高精度な陰影を頭の中でイメージすることができている。

「多分、ガリウスはあの魔物に食べられたの」

シルフィがボスを見つめながら、そんな言葉を漏らした。

「え？」

「普通は魔物が人間を食べても何も変化しないけど……捕食者が自分よりも圧倒的に強い個体を食べちゃうと、死体に残っていた魔力量によっては消化・吸収できずに不完全に融合しちゃって、逆に捕食者の精神が食べられちゃうことがあるの！」

精神が食べられる？　わかりにくいな。

「えーと、つまりガリウスはあの魔物に食べられたけど、逆にガリウスを食った魔物がガリウスの魔力に呑み込まれたってことか？」

「そう！」

この世界は弱肉強食。

普通は格下の魔物に殺され、魔力が残存するうちに食べられるなんてことはないのだが、何か重大なアクシデントがあったのだろう。

「じゃあ、あの魔物の正体はいったい何なんだ？　シルバーウルフなのか？　それともガリウスなのか？」

「両方！　……だけど、どっちかというとガリウスかな？」

「なるほど……」

あのボスから、ガリウスの魔力を強く感じる理由がなんとなくわかった。

「シルフィは一旦隠れておいてくれ。あいつは俺が相手する」

「わかった〜！　パパ頑張って！」

シルフィはシュンっと姿を消し、俺とシルバーウルフは一対一になった。

「さて、気を引き締めないとな……」

俺がこのボスを前にして驚いたのは、魔力の特徴だけではない。

魔力の強さから感じ取れる個体自体の強さもおよそ自然界に存在するものとは思えなかった。

俺が対峙したことのあるどの魔物・人よりも何倍も強いと断言できる。

シルフィを隠れさせたのは、巻き込まれないようにするためだ。

「ガウルルル！」

低音が響く唸り声を上げながら、一瞬で俺の懐に飛び込んできた。

めちゃくちゃ速い……っ！

カキン！

「くっ！」

しかも、スピードだけじゃなく巨体を活かしたパワーもなかなかのものだった。

ドオオオオンッッ!!

俺は剣でボスの攻撃を受け流し、後退する。

吹き飛ばされないようどうにか踏ん張ったが、衝撃による地響きが聞こえる。

「ヤバいな……」

こいつがもしダンジョンの外に流出すれば、どれだけの被害が出るかわからない。

誇張抜きに人類滅亡も現実的にあり得る……。

「ガウルルル……フィーラ……マグエル……セレス……許さん……俺を……裏切りやがって……許さん……ガウルルル……」

「……っ!?」

シルバーウルフが喋った!?

魔力の特徴が上書きされただけじゃなく、人格まで憑依してるのか……!?

フィーラ、マグエル、セレスの名前が聞こえた気がする。

言葉をそのまま受け取るなら、相当な恨みを持ってそうだ。

やはり予想していた通り、ガリウスは事故で亡くなったのではなく、フィーラたち仲間の勇者が絡んでいそうだな。

まあ、だとしても俺がやるべきことは変わらない。

「だいたいお前の実力はわかった。次で仕留めて、楽にしてやる」

俺は、まずボスが動き出すのを待った。

「ガウルルル!!」

唸りながらさっきと同様に飛び込んできた瞬間。

俺は右に逸れながら攻撃を避けつつ前進する。
しかし慣性を無視するような鋭い切り返しで俺を追いかけてくるボス。
まあ、この程度の動きは想定内だ。
『重力反転』。
俺は、重力を反転させる付与魔法を自分自身に付与。
身体がフワッと浮き、ボスの鋭い爪による攻撃をギリギリのところで避けた。
次なる一手は——
『腐臭生成（ふしゅうせいせい）』。
強烈な腐臭を発生させる付与魔法だ。
シルバーウルフは、人間の数十～数百倍の嗅覚を持つと言われている。
肉体が大きかろうと、その特徴は変わらない。
この嗅覚は武器だが、同時に弱点にもなり得る。
「ガウルルルル!!」
バアアアアアンッ！
あまりの強烈な臭いに耐えかねたボスは、唸り声を上げながら鼻を地面に叩きつけた。
この隙を見逃すわけもない。
「仕上げだ」
『重力反転』。

空中を浮遊していた俺は、さっきと同じ付与魔法を使う。

ただし、今度は下から上への反転ではなく、上から下への反転。

通常の何倍もの速度で落下しつつ、俺は剣を振り下ろした。

ザアアアアアアアアアアンッ!!

俺の剣はヌルッとボスの首を通り抜け――

ドオオンッ!

ボスの首が地面に落下したのだった。

「ふう……」

どうにか倒すことはできたが、一瞬でも気を抜けば、逆に俺がやられていた可能性もある。

なかなかの難敵だった。

未だに冷や汗が止まらない。

「ん、あれは……」

ボス部屋の奥に白いものが見えた。

「骨……そうか、ガリウスの……」

どうやら、先ほどのボスはガリウスをここで食していたらしい。

俺が記憶しているガリウスの大きさに対して骨が少ないように見えるが、おそらく――

「やはりな」

骨がある場所の周りを剣で少し掘ってみたところ、土で埋まった部分から残りの骨が出てきた。

骨からはまだ発散しきっていない残存魔力を感じる。

「持ち帰ってやるか……」

これを放置しておけば、また別の魔物に食べられてしまう可能性もある。

何度も強力な魔物が生産されてしまう事態は避けたい。

ガリウスのせいで厄介なトラブルに巻き込まれてしまった俺としてはやや複雑な感情ではあるが、持ち帰って供養してやることにしたのだった。

◇

「ア、アルス！」

「良かった……！」

ダンジョンの攻略後、洞窟を出たところでセリアたちと合流した。

俺の帰還に安心してくれるのは良いのだが――

一点、気になることがあった。

セリアたちの周りに大量の魔物の死体が転がっていたのだ。

数はざっくりだが、一〇〇体以上はいると思う。

「……何があったんだ？」

「実は、アルスが行った後めちゃくちゃ魔物が集まってきて……」

「倒しているうちに、この数になったみたい」

おそらく、ダンジョンの魔力が周りにいた魔物を集めてしまったのだろう。

精霊の森の魔物が精霊の魔力を吸収して強化されるように、強いダンジョンの周りにいるだけで魔物は魔力を養分にして成長できる。

それゆえに、魔物は栄養にできる強い魔力に本能的に惹きつけられるのだ。

「そっちも大変だったな。二人がいてくれて助かったよ」

俺一人だったら、ダンジョンは攻略できてもニーナとマリアを守り切ることはできなかった。

すべてが丸く収まったのは二人のおかげだ。

「さて、王都に戻って報告を――ん？」

踵を返し、王都の方を向いたときだった。

「なんでしょうか……煙？」

「いや……というより、あれは狼煙(のろし)じゃない？」

王都の中心にある王宮の上空から、煙のようなものが見えていた。

「王都で何かあったのか……？」

狼煙は、何らかの非常事態により街がＳＯＳを出していることを意味する。

戦や魔物の侵入など理由は様々考えられるが、間違いじゃなければ助けが必要な状態に陥っていることだけは確かだった。

「急ぎで戻ろう」

ダンジョンの攻略に疲れた身体に鞭を打ち、俺たちは速足で王都に帰還したのだった。

第八章　危機

――アルスたちが『カタリナ洞窟』へ出発した一時間後の王都。

王宮内の勇者室にて。

「さて、始めるわよ」

マグエル、セレスの前でフィーラが宣言した。

二人はフィーラの言葉に頷き、それぞれ武器を手に取る。

先日発足した勇者たちには、特別に王宮内に勇者用の部屋が与えられている。

これは、各国連合で組織された旧勇者とは明確な違いだった。

メイル王国は多額の出資をしていたとはいえ、建前的には連合組織である故にメイル王国から特別な計らいを受けることがなかった旧勇者とは対照的に、新勇者は王国所有の勇者として特別な扱いがなされている。

王宮内での勇者室供与もその一つだった。

通常、王宮内へ侵入するには厳重な警備がなされるが、勇者たちはフリーパス同然で出入りできる待遇を受けている。

これは、メイル王国による勇者たちへの信頼と期待によるものだったが、当の勇者たちに期待に応えようという気はない。

正確に言えば、ガリウスは新勇者の中で唯一忠誠心を持っていた。

『自己顕示欲を満たすため』という理由が根底にあったとはいえ、勇者として活躍することで自己の評価を上げようという狙いは、思想の是非はともかく王国の利益に寄与する。

だが、ガリウスとは対照的にフィーラたちは王国へ貢献する意思は毛頭なかった。

むしろ、真逆。

「ようやくこの国が私のものになるのね。ああ……長かったわ」

フィーラたちは、かねてより現政権の打倒による王国の支配を狙っていた。

『レッド・デビルズ』のスリートップが身分を隠し、冒険者としての名声を地道に獲得していたのは、王国からの信頼を勝ち取るため。

力のあるフィーラたち三名と『レッド・デビルズ』といえども、王宮の制圧は簡単ではない。

王宮内には常に王国騎士団による厳重な警備がなされているため、正面から立ち向かっても、そう簡単には制圧できない。

『王宮の中』に入り奇襲を仕掛けるのならば、制圧の難易度は極端に下がる。

信頼を勝ち取った今となっては、こちらのほうがより現実的にすらなっていた。

フィーラたちの決起集会から一五分後。

勇者のうちの一人、剣士セレスは騎士団長室を訪れていた。

メイル王国では、フィーラたち新たな勇者が発足するまでは国家としての治安維持を王国騎士団がすべて担当してきた。

治安維持の範囲には、政治的敵対勢力や犯罪ギルドに対するものの他には『ゲリラダンジョン』発生のような魔力災害時の対応までもが含まれている。

新勇者たちも、王国所有の勇者という性格ゆえに、その業務は王国騎士団に与えられてきたものとやや被る側面がある。

王国騎士団と勇者パーティは時に協力することが求められるため、顔合わせを済ませている。

そのため、警戒されることなく近づくことが可能だった。

「リヒト騎士団長。お話が」

「ああ、セレス殿か。話というのは？」

「それがですね……」

適当に言葉を交わしながら、セレスはチャンスを窺う。

セレスの狙い――否、フィーラたちの狙いは、王国騎士団の指揮命令系統のトップを司る騎士団長リヒトの殺害。

冒険者の中ではトップクラスの実力者ゆえ、フィーラたち三人は一対一なら負けることはないと考えていた。

だが、騎士団をまとめて相手にするとなれば話は別。

そこで三人は、最初に指揮を執る騎士団長を殺害することで騎士団を混乱に陥れ、有利に事を運ぶことを計画したのだった。

「近いうちに合同でカタリナ洞窟に向かいたいため、フィーラ様が騎士団のリストが欲しいと」

ガサガサ。

「ふむ。書類どこやったかなぁ」

セレスの思惑通り、リヒトは武器を持つセレスから目を離してしまう。

セレスは音を立てないよう静かに剣を抜き――

ザアアンンンッ!!

警戒感ゼロの騎士団長リヒトに斬りかかったのだった。

リヒトは肩から背中にかけて大きく斬られ、部屋には血しぶきが舞った。

「うあああああああああああっ!」

悲鳴を上げるリヒト。

すぐさま振り返ったリヒトと、セレスの目が合う。

「な、何をするんだ!?　なぜこんなことを!?」

何が起こったのか理解できず、騎士団長リヒトは傷を押さえながらこのように尋ねることしかできなかった。

セレスは質問に答えることなく、トドメを刺すため再度剣を向ける。

そして。

「あは！」

ザアアアアアアンッ!!

「うあああああああああっ！」

――こうして、セレスは一瞬にして騎士団の統制を司る長の始末に成功したのだった。

「ど、どうかしましたか騎士団長……!?」

リヒトの叫びを聞きつけた騎士団の騎士たちが次々と部屋に集まってくる。

このような事態になることは想定済みのため、特に焦ることはなかった。

むしろ、騎士団員たちが集まってこなければ自ら足を運ぶつもりだったため、セレスにとっては手間が省けたともいえる。

セレスは焦った演技を意識しつつ部屋を飛び出し、集まってきた騎士団員たちに声を掛けた。

「き、騎士団長が……！」

「な、何があったんです!?」

「えっとですね……」

言葉で注意を引き付けたところで、セレスは次々と騎士団員たちを斬りつける。

ザンッ！

ザンッ！

ザンッ！

ザンッ！

ザンッ！

王宮内に次々と叫び声がこだました。

叫びを聞きつけた騎士団員も、味方のはずの勇者が騎士団長を殺したなどとは想定できない。

フィーラたちの作戦は、混乱している中でなるべく王宮内にいる騎士団の戦力を削ぐことにあったのだ。

そして、その作戦は八割がた成功を収めた。

セレスに与えられた任務はこれで達成。

この任務をもとに、後はフィーラたちが仕上げをするのみとなった。

一方その頃、フィーラとマグエルは、セレスと別行動を取っていた。

フィーラたちが急いで向かうは、王の間。

ここは国王の執務室となっており、この時間はちょうど執務に取り組んでいることをフィーラたちは知っている。

王の間の前を警備する騎士団員二人にフィーラとマグエルは焦った様子で声を掛ける。

「王宮で大変なことが起こっているわ！　フロイス国王は!?」

「陛下は無事か!?」

当然ながら演技なのだが、この時点で騎士団員が気付くことはなかった。

「なに!?」

「何かあったのか!?」

その瞬間。

王宮内をこだまする騎士団員たちの叫び声が次々とこだました。

――セレスの仕業である。

「こ、これはいったい……!?」

「まさか、侵入者か!?」

王の間を守る騎士団員の間に動揺が走った。

マグエルが、間髪容れずに説明する。

「セレスが突然暴走し始めたんだ！　ここは陛下を守るのが第一。今は俺たちにも警備に当たらせてくれ！」

「なんと……！　セレス様がなぜ!?」

「わ、わかった……！　頼む！　お二人が守ってくれるなら心強い！」

と、油断する騎士団員だったが――

ザクッ！

ザクッ！

マグエルは一瞬目を離した隙を狙って、騎士団員たちの背中に槍を突き刺したのだった。

「なぁ～んてな？」

マグエルにより背中を刺された二人は叫び声を上げる間もなく死亡しており、守護兵がこの先にいる王に危険を知らせることはできなかった。

こうして容易く王の間の警備を突破した二人は、すぐに王の間の中に侵入する。

ドガアアアンッ！

二人が勢いよく扉を開け、ズカズカと入っていく。

フロイス国王は驚いた様子でフィーラとマグエルの二人を見つめた。

「な、なんじゃ!?　何事じゃ!?」

ただならぬ空気を感じ取ったフロイス国王が動揺を隠せないでいると、マグエルが槍を国王に向けた。

「勇者ごっこはもうおしまいだ」

◇

王都に帰還した俺たちは、すぐにあの狼煙が誤射ではないことを悟った。

「す、すごい人……！」

異様な光景を前にしたユキナはそう呟いた。

住民たちが次々と王都からの避難を始めており、王都の門の周りは人で溢れている。

まずは、状況確認だな。

「何があったんだ？」

俺は王都から離れようとする村人を捕まえて尋ねる。

しかし――

「お、俺もよくわからないんだ。犯罪ギルドの連中が暴れまわってて、村から出るようにと騎士団の人が言ってて……何が起こってるんだ!?」

と、逆に質問をされてしまう始末。

「……ひとまず中に入ろう」

俺たちは王都から出る人の波をかき分けながら、中に入る。

王都の中では、人と人が至るところで戦闘を繰り広げていた。

剣士同士で戦っている一組を見ていると、ヒントが見えてきた。

一方は、村人が言っていた通り騎士団の人間だ。

服にメイル王国騎士団の象徴である鷹の刺繍が入っているから、パッと見でわかる。

問題は、もう一方。

「戦ってる人、片方は『レッド・デビルズ』の人でしょうか……？」

「多分そう。じゃあ、この騒ぎはそういうことなのかしら……？」

セリアとユキナもほぼ同じタイミングで気が付いたようだ。

騎士団の人間と戦っている人物には、犯罪ギルド『レッド・デビルズ』の構成員であることを示す刺青（いれずみ）が入っていた。

でも、何が狙いなんだ……？

「なんだか、同じ方角を目指しているように見えるわね」

ユキナの言葉にハッとさせられた。

「……確かに」

一人ひとりの動きではわからなかったが、全体を見ていると、皆どこか一点を目指して動いているように見える。

その方角への進行を邪魔する冒険者たちと戦っているような構図だった。

この方角をヒントにどこを目指しているか考えると、すぐに答えがわかった。

「王宮……!?　そうか……！　これは反乱なんだ！」

「えっ!?　反乱ですか!?」

「じゃあ、王都を占拠するつもりで……？」

「多分な」

犯罪ギルドがこうした無謀行為をしたことは過去にもあった。

だが、安定した地域の占拠は難しく、過去のそうした反乱は全て失敗に終わっている。

その反省なのか、そうした話は長年なかった。

まさか『レッドデビルズ』程度の規模で仕掛けるとはな。

『レッド・デビルズ』は王都では恐れられる存在ではあったが、王都には王国騎士団たちが目を光らせているため、組織は小規模に留まっていたと言われていた。

王国騎士団は常に最悪の事態を想定しているため、犯罪ギルドの連中が好き勝手をしているように見えても、いつでも組織を潰せるようコントロール下にあったはずだ。

どうしてこうなった……？

ともかく、『レッド・デビルズ』に王都を占拠されるのは不味い。

現政権の善し悪しはともかく、犯罪ギルドの好き勝手にされるわけにはいかない。

王都には、王国の首都機能が詰まっている。

王都を制圧されるということは、メイル王国を支配されるということだ。

それはさすがに困る。

「あれは……」

王宮の近くに着くと、王宮に侵入しようとする『レッド・デビルズ』の集団をナルドたち旧勇者が阻んでいた。

ドガアアアアンッ！

『レッド・デビルズ』の構成員と比べれば圧倒的な強さを誇るナルドたちは、次々と敵を薙ぎ倒していく。

しかし、そうは言っても多勢に無勢の状況では苦戦しているようだった。

「加勢しよう」

とはいえ、『レッド・デビルズ』の人間はメリナと同様に被害者でもある可能性もある。

殺すことのないよう、剣や魔法は使わずに対応することとしよう。

俺は、ナルドと、ナルドと戦う剣士の間に入った。

キンッ！

攻撃を受け流しつつ、ナルドと話せる状況ができた。

「ア、アルス!?　『カタリナ洞窟』に行ったんじゃ……!?」

急に俺がここに来たことで、驚かせてしまったようだ。

「『カタリナ洞窟』の件は片付いた。それより、今から呪刻魔法を解除する」

俺はこのように宣言し、ナルドたちパーティが戦う集団に向けて付与魔法を掛けた。

『呪刻解除』。

『呪刻解除』。

『呪刻解除』。

『呪刻解除』。

『呪刻解除』。

やはりメリナと同様に、『レッド・デビルズ』の末端の構成員には呪刻魔法が掛けられていたらしい。

「お、俺……自由なのか!?」

「も、もう命令に逆らっても死なないんだ……！」

「なんてこった！　こんなことがあるのか！」

自分の意思で戦っていなかった五人は少し安堵したような表情を浮かべていた。

彼らはその場に跪き、両手を上げて降伏の意を示している。

「い、いったいなんだこりゃ……？」

「急に降伏……？　どうして……？」

「演技か……？」

あまりに大きな状況の転換に理解が追いつかないナルドたちパーティ。

これは、さすがに説明しておく責任がありそうだな……。

「『レッド・デビルズ』の連中には、命令に背くと死ぬ呪刻魔法がかけられていることは知ってるだろ？　それを付与魔法で解除したんだ」

「そ、そんなことができるのか!?」

「……まあな」

「ま、まあアルスならできてもおかしくないか。さすがだな」

短い説明だったが、七人は納得したようだった。

付与魔法でいろいろとできることは見せていたので、すぐに順応できたのだろう。

「じゃあ、俺たちは……」

この場は一旦片付いたということで、王宮へ向かおうとしたときだった。

「ああっ、そういや、アルス！」

「ん？」

少し焦った様子で俺を呼び止めるナルド。

「アルス、この騒ぎがフィーラたち勇者の仕業ってのは知ってるか？」

「勇者……？　どういうことだ？」

「俺たちもまだ全容は掴めないんだが、王宮から逃げてきた騎士団によれば、フィーラたちは王都を占拠するつもりらしい。国王の身柄も既にあいつらの手にあると言っていた」

「そ、それ本当なのか!?」

まさかの話に思わず驚いてしまう。

「でも勇者がどうしてこんな……？　っていうか、それでなんで『レッド・デビルズ』が……？」

次々に疑問が生まれてしまう。

ナルドは話を続けた。

「もともとガリウス以外の三人と『レッド・デビルズ』は繋がっていた……どころか、『レッド・デビルズ』の上層部はあいつらだったらしい。表に出てきたことがなかったせいで、今の今まで王国は気づかなかったんだとさ」

えっと……つまりどういうことだ？

言葉は理解できるが、あまりに唐突なせいで理解が追いつかない。

「フィーラたち三人が実は『レッド・デビルズ』を支配していて、三人の命令を受けてこの騒ぎを起こしたってことで合ってるか？　ん、でもガリウスは違ったのか？」

「それで合ってる。フィーラたちは職権を利用して王宮の中からめちゃくちゃにしたらしい。ガリウスはおそらくだが、あいつら三人とは関係がない。だから『カタリナ洞窟』で殺されたんだろう」

ナルドたちに『カタリナ洞窟』の件は話していないのだが、ガリウスはフィーラたちに殺されたという認識のようだった。

状況的にそう判断したのだろう。

「なるほどな。フロイス国王の安否は？」

「今はなんとも……だが、多分まだ無事だ。王国を乗っ取ることが狙いなら、諸々の処理が終わるまで殺すつもりはないはずだ」

確かに、フィーラたちの狙いが王国の支配なら、国王を殺してしまうよりも、現状の王政を正式な形で継承するほうがいろいろとメリットがある。

国王を殺してしまってもできなくはないが、こちらのほうがスムーズなことは確かだ。

「なら、早い話。あいつらを倒して国王を奪還すればいいってことだな？」

「そうなるが……敵は既に王宮の守りを固めてる。簡単にはいかないぞ？」

確かに、明らかに騎士団の数よりも多い数の『レッド・デビルズ』の構成員たちが既に王宮に辿り着いているだろう。

魔物とは違い、敵は頭を捻って作戦を立ててくる。

それ故に普通に戦えば、俺たちでも苦戦させられるかもしれない。

だが、それは『普通に戦えば』の話。

「さっきの付与魔法を見ただろ？　ほとんどは無力化できる」

「確かに、アルスならやれるかもな……」

ほとんどの敵を無力化できれば、残るはフィーラ、マグエル、セレスの三人。

警戒は必要だが、勝てない相手ではないはず。

あと、戦闘はともかくどうやって国王を無事に奪還するか、だな。

「とりあえず、王宮に行ってくる」

「いや、ちょっと待て」

王宮の方に身体を向けた俺の服を引っ張るナルド。

「ん？」

「その二人も連れて行くつもりか？」

ナルドが見ていたのは、ニーナとマリアだった。

「ああ。二人にさせるわけにはいかない。連れていくしかないだろう」

「正気か？」

「ああ。心配なんだ」

非常時といっても、この国でエルフの地位が低いことは変わらない。

俺には、この子たちを無事にエルフの里に返す義務がある。

放ってはおくわけにはいかない。

「確かに、この状況でその子たちを放っておきたくないアルスの気持ちはわかる。だがな、王宮の中に連れていくのはそれこそ危ないぞ」

「わかってる」

「わかってねえ。今は連れ去られるリスクよりも、王宮の中で殺されるリスクのほうが高いだろ。普通に考えて。アルス、どうかしてるぞ？　お前らしくない」

「……」

確かに、ナルドの言うことも一理ある。

いや、一理どころじゃないな。

実際その通りだ。

ある程度は付与魔法の『防御力強化』で突発的な攻撃も防げるが、想定外のことが起きたときには対処しきれないかもしれない。

だが、だからといって目を離してしまうこともリスクだ。

……って、これじゃ堂々巡りか。

「アルスさん、私たちは大丈夫ですから……」

「そうだよ。ただでさえ大変なのに、私たちじゃ力になれないし……」

当人のニーナとマリアもこのように言っていた。

「……」

どうしたものか。

と思っていたところで、ナルドが提案をしてきた。

「一つ俺に考えがある。アルス、俺たちに依頼を出せ」

「依頼？」

「ああ。俺たちがお前が戻るまでその二人を必ず守ってやる」

「お前たちが……!?」

想定外の提案だったため驚いたが、確かに合理的ではある。

ナルドたちは、勇者ではなくなったと言っても、未だこの王国の中では最上位の実力を持つ有力冒険者なのだ。

しかし、問題が一つだけある。

「まあ、アルスが俺たちを信じてくれるなら……だが」

——これだ。

俺が信じられるかどうかにかかわってくる。

俺は、一度裏切られた。

だが、追放の件は謝ってくれたし、俺の中ではもう解決した問題。

依頼報酬の金額次第では、二人を奴隷として売却しても旨味がないよう設計することもできる。

要は、ナルドたちに依頼を出すかどうかは、俺の気持ちの問題だ。

「みんな、二人を頼む」

俺は、即決で彼らに依頼を出すことに決めた。

六人の改心は本当だと思っているし、なによりリーダーのナルドは、魔の森を抜けた先のキャンプで俺の身代わりとなって、矢を受けたこともある。

信用するには十分。

断る理由がなかった。

「二人を頼む。じゃあ、行ってくる」

俺たちはナルドたちに二人を預け、王宮に向かったのだった。

◇

「三〇人……か」

王宮の入り口。

ここでは、大勢の『レッド・デビルズ』の冒険者たちが侵入者を待ち構えていたらしい。

その中に、見覚えのある男の姿もあった。

身長が高く、白髪ロングヘアーと白髭が特徴的な壮年男性である。

こいつの名前は確か……ヘンリック・フューリー。

『レッド・デビルズ』のギルドマスターだったはずだ。

さっきの話によれば、実はこいつは表向きの指導者でしかなかったようだが。

「ふはは！　ここは通さん！　皆、かかれ！」

ヘンリックの指示で、一斉に呪刻魔法をかけられた軍勢が俺たちに襲い掛かってくる。

「ふっ」

俺は、三〇人に漏れなく付与魔法をかけた。

『呪刻解除』×30

すると、勢いよく俺たちに襲い掛かってきていた軍勢たちの闘争心は鳴りを潜め、戦意を喪失したのだった。

「何が起こったんだ!?　じゅ、呪刻魔法が解けた！」

「も、もう命令を聞かなくていいんだ！」

「こんなことしてられっかよ！　俺は故郷に帰るんだ！」

三十人の軍勢は、俺たちを素通りして出口へと向かっていったのだった。

「な、何が起こっているのだ!?　わ、私の魔法が解かれた……？　そ、そんなことがあってたまるか……！　こ、このようなことはあってはならないのだ！」

どうやら、『レッド・デビルズ』の冒険者たちに掛けられた呪刻魔法は、ヘンリックにかけられたものだったらしい。

自分がかけた魔法を目の前で解かれたことに動揺しているようだ。

とはいえ、こいつに説明してやる義理はない。

時間が勿体ない。

「とりあえず、そこで眠ってろ」

俺は左手で『火球（ファイア・ボール）』を放つ。

ドオオオンンン!!

「行こう」

「はい！」

「ええ」

死なない程度に弱らせ、動けないようにしてから先へ向かったのだった。

さて、ここからが本番だ。

「フィーラたちと国王の居場所は……ん？　なんだこれ」

『周辺探知』でフィーラたちの居場所を探っていたところ、フィーラたちと国王は、謁見の間に集まっているらしいということがわかった。

一度会ったことがあるため、魔力の特徴をもとに割り出すのは簡単だった。

気になったのは、彼ら以外の人の反応だ。

「どうしたのですか？」

俺の反応を怪訝（けげん）に思ったのか、セリアが尋ねてきた。

「フィーラたちは謁見の間にいるみたいなんだが、周りにかなりの人がいるんだ」

「人……ですか？」

「数はどのくらいなの？」

「多分、一〇〇人……は超えてると思う」

「一〇〇人!?　だ、誰なのですか!?」

「それがわからなくて気になってるんだ」

「なるほどです……」

『周辺探知』は、あくまでも魔力の影を捉えることしかできない。

実際にそこに誰がいるのかは、見てみなければわからないのだ。

「とりあえず、行ってみるしかない」

魔力の大きさを見る限りは、フィーラたちに比べればかなり小さいため、あえて弱く見せかけていなければ戦闘力の面では警戒する必要はなさそうだ。

俺たちは、最短距離で謁見の間に向かった。

◇

ガタン。

謁見の間の扉を開けると、一〇〇人の魔力の正体はすぐに明らかになった。

「ど、奴隷ですか……!?　こんなにたくさん……!?」

「それにしても、どうしてこんなところに……？」

俺が捉えた一〇〇人の正体は、フィーラが購入したと思われる一〇〇人超の獣人奴隷だった。全員が首を繋がれており、死んだ魚のような目をしている。

「あら？　どうしてあなたがここに？」

謁見の間の玉座に座るフィーラが俺たちに声を掛けてきた。

まだ王位の譲位は行われていないようで、王冠を被ったフロイス国王が隣で縛られている。

「勇者が無謀なことを企んでいると小耳に挟んだものでな」

「へえ。それで、無駄な正義感だけでここまで来ちゃったと」

フィーラはため息を吐き、言葉を続けた。

「あーあ。だから、王都から離れなさいと忠告してあげたのに」

そういえば、マリアの引き渡しの際にそんなことを言われたな。

あれは、こういう意味だったのか。

「それにしても、あの警備を突破してここまで辿り着くとは……なかなかやるようだな。ガリウスとの決闘は演技だったのか？」

マグエルがそんなことを尋ねてきた。

「……」

事実そうなのだが、わざわざ答えてやる必要もない。

黙っていると、隣のセレスがセリアとユキナを見て言った。

「マグエル、違うよ。強いのはその男じゃなくて、連れの女。結構やるよ」

セリアとユキナの力を見抜くとは、なかなか良い感覚をしている。

だが、俺に関しては見破れていないようだ。

特に隠していたわけではないのだが、俺は常に無駄に魔力が発散しないよう魔力を意図的に堰止めている。

実力以上に過小評価されてしまっているようだ。

まあ、どうでもいいのだが。

「フィーラ様はお前を殺す気はなかったようだが、ここに来ちまった以上は生きて返すわけにはいかねえな。やってていいですね？　フィーラ様？」

マグエルが尋ねると、フィーラは玉座に座ったまま答えた。

「ええ。やってしまいなさい」

フィーラの指示を受けて、マグエルとセレスはそれぞれ武器を構えた。

「じゃあ、俺は金髪のお嬢ちゃんを仕留めるってことで」

「ふーん。私は銀髪の子かぁ」

どうやら、二手に分かれてセリアとユキナに攻撃を仕掛けるらしい。

俺もどちらかに加勢したほうが早く決着がつきそうだが、今回は辞めておくことにした。

「セリア、ユキナ。これも良い経験だ。任せていいな？」

「わ、わかりました！」

「対人戦は初めてだわ……」

これから冒険をするうえで、敵が魔物だけとは限らない。

ぶつけ本番にはなるが、この辺で慣れておくのも悪くないだろう。

まあ、ピンチになるようなことがあれば、すぐに加勢することになるが。

「痛みを感じる間もなく葬ってやろう！」

槍を両手に持ち、勢いよくセリアに襲い掛かるマグエル。

なかなかのプレッシャーを与えてくるが、強くなったセリアは落ち着いていた。

マグエルの動きを予測し、ワンテンポ早く動けていた。

「それ、本気で言っているのですか……？」

セリアは悪気なさそうに呟き、真っ向から剣で迎え撃った。

キンッ！

剣と槍が衝突し、硬い金属音が鳴った。

かと思えば――

「な、何!?」

勢いをつけて襲い掛かったはずのマグエルは、セリアの応戦による反動でザザッとと滑りながら後退させられてしまう。

――完全に、マグエルはセリアに力負けしていた。

セリアは、状況判断や落ち着きのみならず単純なパワーでも優っている。

この一瞬でマグエルはそれに気づいたようだ。

だが、もう遅い。

「たあっ！」

セリアは声を出しながら、今度は積極的にマグエルに襲い掛かる。

キン！

剣と槍が衝突し、マグエルの手から槍が吹き飛んだ。

吹き飛んだ槍は遥か向こうの壁に突き刺さり、もはや回収は困難だ。

「し、しまった！」

どうやら、勝負ありのようだな。

セリアとマグエルの戦いと同時に、ユキナとセレスの戦闘も始まっていた。

「私、魔法師との一対一で負けたことがないの。なぜなら――」

セレスは剣を構え、ユキナに襲い掛かった。

「敵が魔法を撃つ頃には、もう斬り終えてるから！」

自信を表に出すだけのことはある。

なかなかのスピードだった。

だが、ユキナが相手では分が悪かったようだ。

「へえ。じゃあ、今日があなたの初めての負けになるのね」

ユキナはそう呟くと、腰を軽く捻った。

シュン！

ギリギリのところで、セレスの剣はユキナを外れてしまう。

「な、なんで⁉　見切られた⁉　い、いやそんなわけない！」

まさかの事態に混乱するセレス。

ここまでの流れを完全に読み切っていたユキナは、セレスの背後を完全に取っていた。

「これでおしまいね」

至近距離からの、『火炎光線（ファイア・ビーム）』。

ドガアアアアアアンッ‼

ユキナの魔法を至近距離から受けたセレスの身体は吹き飛ばされ、ちょうど決着がついていたマグエルの方へ飛んで行く。

ドン！

飛んできたセレスの身体がマグエルと勢いよく衝突したのだった。

二人は目を回しており、もはや戦える状況ではなくなっている。

セリア、ユキナともに完勝と言って差し支えないだろう。

「良くできた。完璧だったよ」

褒めてやると、二人は嬉しそうに微笑んだのだった。

ぶっつけ本番で初めての対人戦だったが、これで自信をつけてくれたら嬉しい。

――さて、これで残るはフィーラだ。

「まさか、二人を倒してしまうとは。なかなかやるようね……」

フィーラもセリアとユキナの一戦は驚いたようだった。

玉座から立ち上がり、こちらに警戒を強めている。

だが、俺たちを恐れてはいないようで、どこか余裕を感じる笑み浮かべていた。

「でも、私は二人のようにはいかないわよ」

フィーラはそう言うと、目を閉じて祈るように手を組んだ。

「まさか、これは……」

『魔力探知』が使える俺だからわかった。

一〇〇人超の奴隷たちの魔力が一気にフィーラのもとへ集まる動きを見せていた。

「私はね、念には念を入れる主義なの。準備しておいて良かったわ」

どうやら、フィーラは獣人奴隷の魔力を吸い取り、自分のものにしているらしい。

奴隷たちは、そのほとんどがもともと魔力を多く持っていない。

それ故に一人ひとりの奴隷から吸い出せる魔力は大きくないが、それでもこれだけの数が集まれば、莫大な魔力になることは間違いない。

魔力の大きさが必ずしも強さに繋がるわけではないと言っても、おそらくは大きな魔力を使いこなす術も身につけているだろう。

なかなか厄介である。

そして、それ以上に気がかりなことが一つあった。

「お前、どこまで吸い取る気だ……？」

人間は、生命力と魔力を身体に保有している。

魔力が減るとまずは疲れやすくなり、次に意識レベルが下がる。

最終的には、魔力が足りない分は生命力で補うことになるのだが、生命力が尽きたときには人は死んでしまう。

魔力を吸い取れるのだとしても、このあたりは考慮する必要がある。

実際、魔力を吸い取られている奴隷たちはどんどん顔から血の気が引いていた。

「どこまで？　あなたバカなことを聞くのね。そりゃ、死ぬまでに決まってるじゃない？」

「……っ!?」

「あら、そんなに驚くこと？　実は人って、魔力ポーションよりコスパが良いのよ？　獣人でも同じ。減ったら足すだけのことよ」

「……お前、本気で言ってるのか？」

確かに、人から直接魔力を吸い取れるのなら、高価な魔力ポーションを都度買うよりも効率が良いのかもしれない。

だが……さすがに酷すぎる。

獣人も、普通の人と同様に感情がある。

それぞれに家族がいて、人生がある。

それなのに、フィーラの口調はまるで物を扱うかのようだった。

「あなたには関係ないでしょう？　私の持ち物だもの」

「そうかよ。なら、こっちにも考えがある」

俺は、獣人奴隷たちに左手を向けた。

獣人奴隷からフィーラに流れる魔力の流れに意識を集中させ、回避方法を考えた。

やったことがないので、できるかはわからない。

だが、できる自信はあるし、やってみる価値はある。

俺は、即興で作った付与魔法を獣人奴隷たちに付与した。

『魔力発散阻害』

魔力の発散を阻害することで、獣人たちの肉体から魔力が抜け出さないようにする付与魔法である。

獣人の肉体から魔力が流出しなくなるということは、フィーラが魔力を吸収しようとしても、吸収する対象の魔力が存在しないため、無意味と化す。

「ま、魔力が集まらない!?　ど、どうして!?　あ、あなた何をやったの!?」

まさかの事態に動揺するフィーラ。

どうやら、俺の即興の付与魔法は上手くいったらしい。

「ちょっとした工夫で、俺はいろいろとできるんだ」

俺は端的に答え、俺の中で堰止めていた魔力を解放。

思い切り地を蹴り、一瞬にしてフィーラと肉薄する。

「な、なんて魔力……！　う、嘘……信じられない！　あ、あなたガリウスとの決闘のときはやはり実力を隠して……」

フィーラがどうでもいいことを話し終えるのを待つことなく――

パアアアアアンッ!!

俺は、フィーラの頬に向けて拳を繰り出した。

ギリギリ死なない程度に加減しての攻撃だ。

とはいえかなりの力を込めていたため、フィーラの身体が回転しながら弾丸のような鋭い軌道で吹き飛んでいく。

ドガアアアアアンッ!!

フィーラの身体が激突したときには、衝撃で壁にひびが入っていた。

「ああ……ああ……」

……やれやれ。

「これで、ようやく片付いたな」

俺はため息を吐きつつ、セリアとユキナのもとに戻ったのだった。

エピローグ

俺は、フロイス国王を縛っていた縄を解きながら声を掛ける。

「陛下、怪我はないですか?」

「ああ……おかげ様で無事じゃ」

フロイス国王は意気消沈しているようだった。

まさか、信頼していた勇者たちに裏切られるとは夢にも思っていなかったのだろう。

縄が全て解けた後、フロイス国王は全てを悟った様子で呟いた。

「やはりゲリラダンジョンの件も、お前じゃったか……」

まあ、さっきの一撃を見せてしまえばもはや言い逃れはできないか。

この一件で、国王には俺の実力がバレてしまった。

「ええ、そうでした。嘘をついてしまってすみません」

こうなった以上は、正直に白状する他なかった。

勇者として活動することを求められれば、その範囲でどうにか活動するしかなさそうだ。

まあ、嘘をついていたことで信用を失った今、勇者になることを求められるかどうかは半々といったところだろうか。

「……まあ、良い。しかし、どうしてそこまで勇者になることを嫌がる?」

フロイス国王は、柔らかな口調で尋ねてきた。

嘘をついていたことを責めているような感じではなかった。

「実はですね……」

俺は、思いの丈を話した。

俺の過去。

目標を達成するうえでは、勇者という立場が足枷になること。

冒険者として活動したほうが都合が良いということ。

そして、直近の予定としてはエルフの里に向かうということ。

「なるほどの……」

全てを話し終えると、フロイス国王は僅かな間、無言になった。

そして、考えがまとまったのか、俺の方を向いて一言。

「では、お前は自由に活動するのじゃ」

フロイス国王は、あっさりと認めてくれたのだった。

「いいんですか⁉」

「お前に助けられた身。無理は言えぬ」

どうやら、フロイス国王の真意としてはまだ俺に勇者になってほしかったらしい。

これは、ある意味ご褒美のような扱いなのかもしれない。

「しかし、勇者は全滅してしまった。次なる勇者はどうするか……」

勇者は、志だけでなく絶対的な能力も求められる。

冒険者としての実利に拘らず、ある意味滅私奉公の精神で王国に尽くしてくれる存在……となると、確かに限られてくる。

かなり勇者の選考には苦労していたようだったので、今のところ当てがないのだろう。

自由を認めてもらったお礼……というわけではないが、俺が知る中で勇者に向いている冒険者を伝えてみることにした。

「俺は、ナルドたちを推薦します。彼らは王都の危機の際にも戦っていました。信頼できると思います」

「ナルドたちとな……？　確かに、もともと勇者をしていた彼らなら……。しかし、能力面には課題が残るのじゃ」

「そこは問題ないでしょう。知っての通り、個々の能力は伸び代がありますが、チームとしての連係は既に十分です。それに、能力面はこれから伸びていきますよ。必ず」

ナルドたちは、俺への依存が止まってから確実にレベルアップしている。

俺の存在が成長を阻んでいたということではない。

明らかにモチベーションが違うのだ。

新加入のレオンは貪欲に成長しようという意欲があることも大きいかもしれない。

良くも悪くも負けず嫌いでプライドの高い集団であることは確かで、今はこれが上手く作用したことでパーティの雰囲気を良くしている。

もともとポテンシャルはあるので、このまま成長すれば、自信をもって勇者と名乗れる組織になるだろう。

「まあ、しかし。そうじゃな。他に当てがあるわけでもないし、ナルドたちも悪くはない。アルスがそこまで言うのなら……それもありかもしれぬな」

もともとはナルドたちに注目していなかったフロイス国王だったが、俺の意見がきっかけになり考えが変わりつつあるようだ。

「ええ。ぜひ参考にしてください」

◇

あれから一〇日後の昼。

「それにしても、まさかまた俺たち勇者になっちまうなんてな……。今でも信じられねえよ」

フロイス国王はナルドたち旧勇者をそっくりそのまま新勇者とするよう取り決め、正式にメイル王国所有の勇者にナルドたち七人を任命したのだった。

「この前までずっと勇者やってただろ？　妥当な人選だと思うぞ」

「まあ、それはそうなんだが。なんか変な感じでな。まあ、じきに慣れるとは思うが」

これから、俺たち『インフィニティ』はニーナとマリアを連れてエルフの里へ向かう。対してナルドたち勇者パーティはまだ王都に滞在するらしい。

「これで、本当のお別れだな」

名残惜しそうにナルドが呟く。

言葉には出していないが、他の六人の勇者もどこか寂しそうだった。

「まあ、またいつか会うことになるだろ。パーティは違っても、最終的な目標は似たようなものだからな」

俺たちの目標は、どちらも魔王に関するもの。

プロセスは異なっても、生きていればそう遠くないうちに再会することになる。

「まあ。それは確かにそうだな。でも、しばらく会えなくなるのもまた事実だ。元気でな」

「ああ。そっちこそな」

俺たちは短いやりとりの後、一人ずつ握手を交わしていく。

そして、俺たちはナルドたちに見送られながら、エルフの里を目指して出発したのだった。

その直後。

「あの……いろいろとありがとうございます。私たちのためにいろいろと……」

「アルスさんたちが助けてくれなかったら、こうして薬を持ち帰れなかった……」

改めて俺たちに感謝を伝えてくるニーナとマリア。

「お礼の言葉は、里に着くまで取っておいてくれ。無事に二人を里に戻すまでが俺の仕事……っていうか、使命だからな」

「は、はい！」

「よろしくお願いします！」

エルフの里までは、約三〇〇キロ。

何があるかわからない。気を抜かずにいくとしよう。

「パパ、エルフの里ってどんなところなの〜？」

空を自由に飛び回りながら、楽しそうにシルフィが尋ねてきた。

「俺も初めて行くからよくわからないかな。話によれば、自然豊かで綺麗な街並みらしい。っていうか、ニーナとマリアに聞いたほうがいいんじゃないか？」

「あ、そうかも！　ニーナママとマリアママに聞くね！」

そう言いながら、二人の方へ飛んで行くシルフィ。

「あ、いや二人はママじゃ……まあ、今はいいか」

そういえば、伝え忘れていたことがあった。

「ユキナ」

「？　どうかした？」

「ユキナは魔法書を探して旅してるんだったよな」

「ええ。まあ……そうだけど。少しくらいの遠回りは別に……」

ユキナは、俺のエゴでエルフの里へ行くことに文句はないと伝えてくれようとしているのだろう。

だが、俺が言いたいのはそうではない。

「そうじゃなくて。もしかすると、情報に一歩近づくかもって話」

「……どういうことかしら？」

「エルフは、人間とは比べ物にならないくらい長寿なんだ。これだけ長寿だと、人間とは比べ物にならない量の知識がある」

「あっ、エルフなら何か手がかりを知ってるかも……？」

「そういうことだ。それに、二人から聞いた話では、文献も今の人間社会に残っているものと比較して莫大な量らしい。決定的な手掛かりがあるかどうかはわからないけど、何か新しい発見はあるかもしれない」

……とは言っても、あまり期待しすぎるのも良くはないのだが。

ともかく。

ユキナにとっても意味がある移動だということを伝えたかった。

「そう聞くと、俄然楽しみになってきたかも」

「それなら良かった」

どうやら、俺の想いはしっかり伝わったようだ。

「私はアルスと一緒ならどこに行っても楽しいですよ。ちょっとした旅行みたいで！」

話を聞いていたのか、セリアが割り込んできた。

「そ、それは良かっ――」

「あああっ!?　私良いこと思いつきました！　エルフの里行きを新婚旅行にするっていうの

はどうですか!?」

ブーーーッ！

急に何を言い出すんだ!?

「えっとだな……」

冗談なのか本気なのかやや困ってしまうな。

こういう時って、どんな風に断るべきなんだろうか？

などと思っていたときだった。

「新婚旅行っていうのは、私とアルスのって意味で合ってる？」

は!?

なぜか、急にユキナまでもが爆弾を投下してきたのだった。

「そんなわけないじゃないですか!?　えっ？　はっ？　まさかユキナもアルスを狙っているのですか……!?　えっ？　っていうかもしかしてアルスともうデキてる……？」

「そうかもね？」

「はあああああああああ!?」

いや、俺もはあああああああ!?　だよ！

初耳だよ！

「こ、これは大変な事態になりました……」

あまりにも衝撃的だったのか、狼狽えてしまうセリア。

俺も内心狼狽えていた。

「えっと……冗談……だよな？」

ユキナだけに聞こえるよう耳打ちしてみる。

しかし、当のユキナはというと――

「さあ。それはどうかしらね」

などとはぐらかすのみだった。

ま、まあ今までそんな素振り全然なかったし、普通に考えてセリアをからかっただけだよな？

うん、そうだ。

多分……。

――と、まあそれはともかく。

エルフの里は、俺も個人的に一度は行ってみたい場所だった。

ほとんどの人間が一生訪れることのない幻想の国であり、俺にとっては幼い時に父さんから何度も聞かされた、ある意味馴染み深い場所でもある。

それに加えて、ユキナと同様に俺も個人的にエルフたちの知識に期待している部分がある。

魔王や魔族についての情報だ。

ここ数百年ずっと人類は魔王についての調査をしているのにもかかわらず、まったく手がかりが掴めないでいる。

もはや、人間が持つ文献に手がかりが存在するのかすらも疑わしい。

エルフたちなら、何かを知っているかもしれない。

そんなぼんやりとした期待があった。

「さて、次の村までちょっと早歩きで行こう」

目的地までは約二〇キロ。

日が暮れる前には村に入りたいので、あまりゆっくりもしていられない。

「あっ！　待ってくださいー！」

「アルス足速すぎ……って、私たちも速くなってるんだけど!?」

「そういう付与魔法をかけてあるんだ」

こうして、俺たちは賑やかなパーティを楽しみつつ、次の村を目指して道中を駆け抜けたのだった。

番外編　アイテムスロットの中を体験しよう

——王都を出る三日前の早朝。

場所は、宿泊している宿の敷地内にある庭。

セリアたちを起こすと悪いので、外に出てきている。

なお今日は早起きのシルフィも一緒である。

「ふう、これで日課完了」

俺は朝の日課である筋トレを終えた俺に、シルフィがパチパチパチと拍手をしてくれた。

「パパすごい！　頑張ったね！」

「ま、まあな」

毎朝こなしている日課を褒められると変な感じだ。

もちろん嬉しいのだが。

「普通できることじゃないよ～？」

「そ、そうかな？」

「うん！」

まあ、確かにそうかも。
・腕立て伏せ一〇〇〇回。

・上体起こし一〇〇〇回。
・スクワット一〇〇〇回。
・ランニング一〇キロ。
最初はキツかった思い出がある。

「じゃあ、そろそろ部屋に……」

踵を返し、部屋に戻ろうとした時だった。

「どうしたの？　パパ」

「……閃いた」

「何か思いついたの？」

「うん。魔法」

身体を動かしていると、たまに魔法を思い付くことがある。

今日閃いた魔法は、『からくりフレア』。

封印した『フレア』を任意の場所に設置しておき、付与魔法による任意のトリガーを設定して自動的に発動するという魔法だ。

実用的かというと微妙な気もするが、魔法が勝手に発動するというのはロマンがある。

「私、見たい～！　見せて～？」

「いや……さすがにここでは無理だよ」

「え～？」

フレアを発動すると、庭が黒焦げになってしまう。

攻撃魔法は基本的にギルドの演習場か、村の外でしか練習できないのだ。

「手軽に試せる場所があればいいんだけどな」

しかし、そんなに都合の良い場所が……あっ、一つだけあるかも。

「シルフィ、精霊界って魔法使っても良かったりする……？」

「え？　うん！　全然いいよ！」

精霊界は、この世界とはアイテムスロットで繋がっているものの、俺やシルフィが任意で開いた入り口以外からは一切この世界に干渉しない。

ここなら、思い切り魔法を試せるかもしれない。

「よし、行ってみよう」

俺は、早速アイテムスロットを開いてみた。

精霊界に人間が入っても死ぬことはないそうなので、俺は意を決して入ってみることにした。

アイテムスロットに足を突っ込むと、硬い地面の感触を覚えた。

暗い穴を通って、目を開けると、そこは幻想的な景色が広がっていた。

俺の目に映った景色は、地平線まで広がる広大な原っぱ。

透き通った水が流れる小川に思わず癒されてしまう。

あと、倉庫代わりに突っ込んでいた俺の荷物が大量に並んでいた。

「動物はいないんだな」

「うん！　ここには精霊しかいないよ～」

「シルフィ以外にも精霊がいるのか？」

「うん。いるにはいるけど、近くにはいないかな？」

他の精霊が一応いるのに、魔法を試して良いのだろうか……？

まあ、精霊のシルフィが良いと言っているのだからまあ、いいのか。

「そっか。じゃあ、早速試してみる」

俺は、左手を地面に向け、『からくりフレア』を付与した。

トリガーは、一定以上の何らかの強い衝撃。

「よし」

俺は、近くに落ちていた小さな石ころを拾った。

そして、トリガー条件を満たすべく、この石を『からくりフレア』の設置場所に投げてみる。

すると――

ドオオオオオオオオオンッ!!

俺の意図通り、地面を燃やす大きな炎が発生したのだった。

「あれ？　でもなんか思ってたよりちょっと強いような……？」

「あっ、多分それ、精霊の魔力のせい！」

「精霊の魔力？」

「ここの空気を吸ってるだけで、パパは精霊の魔力をちょっと吸収してるの。それで、魔法が強くなったんだと思う！」

「な、なるほど……」

あれ？　だとするとここで練習してもダメなんじゃ……？

確かに魔法は試せるのだが、想定した威力と齟齬が出るのはあまり良くない気がする。

「やっぱり、魔法は村の外とかで練習することにするよ」

「ええ〜。ここじゃダメなの？」

「ちょっと都合が悪いんだ。せっかく試させてもらったのに悪いな。でも来られて良かったよ」

俺はシルフィに謝り、精霊界を出ようとする。

しかし、俺は直前に踏みとどまった。

「そういえば、シルフィってここにいるときはいつもどこにいるんだ？」

「う〜ん、適当？　そこの木とか？」

「な、なるほど……」

これまで、精霊界での生活を特に気にしていなかったが、こうして来てみると少し過ごしにくい印象を受けた。

ここには、何もないのだ。

「シルフィ、今度近いうちに何か寛げるスペースとか用意しておくよ」

「寛げる？」

「ちょっとした小屋とか」

「小屋⁉　私の⁉」

な、なんか食い気味だな⁉

「まあ、なんでもいいんだけど。シルフィはここで過ごすこと多いみたいだし、ちょっとでも過ごしやすいほうがいいかもって思ってさ」

「嬉しい〜！　ありがと〜！」

まだ何もしていないのでお礼は早いのだが……。

しかし、よく考えれば、シルフィの小屋に加えてここに俺たちが休める場所でも用意しておけば、野宿も怖くなくなるんだよな。

そういう意味でも、精霊界を少し住みやすく改造しておくのは、ありな気がする。

使い方次第では、この空間の価値は無限大かもしれない。

「じゃあ、一旦戻ろうか」

俺は新たな可能性を感じつつ、精霊界を後にしたのだった。

《了》

あとがき

どうも、お久しぶりです。

作者の蒼月です。


まずは無事に第二巻の発売を迎えられてホッとしています。

実は著者目線では半年での続編出版はなかなかハードなスケジュールなのですが、どうにかこうにか納得のいく形で原稿を仕上げられました。

内容については（あとがきを先にご覧になる方もいらっしゃると思うので）ここでは改めて振り返ることはしませんが、本書は実はこれまでと少しお話の進め方を変えて執筆しました。

テンポはそのままに登場人物の魅力を引き出せるよう工夫したつもりなので、地続きのお話ではあるものの、第一巻よりも面白いと感じていただけたらすごく嬉しいです。


こちらは宣伝になりますが――

伊香透先生に描いていただいている漫画版の第一巻が大好評発売中です。

第二巻も近いうちに発売されるはずです。

原作をかなりリスペクトして丁寧に描いていただいているので、本書を読んでいただいている読者様にもきっと満足していただけると思います。

コミカライズでは小説原作者が単行本作業に関わることは通常あまりないのですが、（一話ごとにしっかり監修させていただいているため）本シリーズではテキスト部分に関して私もかなりガッツリ関わらせていただいています。

ぜひ読んでみてください。


最後に謝辞を。

第二巻を担当していただいた編集のＦ様、大変お世話になりました。執筆の部分でもたくさんのアドバイスをいただき、より良い作品に仕上がったと思います。ありがとうございました！

第一巻に引き続き担当いただいている編集のＫ様、タイトなスケジュールの中でもしっかりと導いていただき助かります。いつもありがとうございます。

また、コミック版担当のＫ様。丁寧かつ的確なディレクションをありがとうございました。この場を借りてお礼を伝えられればと思います。

イラストレーターのnima様、第一巻に引き続き素敵なイラストをありがとうございます。カバーイラストなどラフの時点から本当に素晴らしく、担当していただいて幸せです。

その他、本書に関わっていただいたすべての関係者の方々のご尽力で出版することができました！　ありがとうございます。

それでは、また次の巻でお会いできればと思います！

蒼月浩二

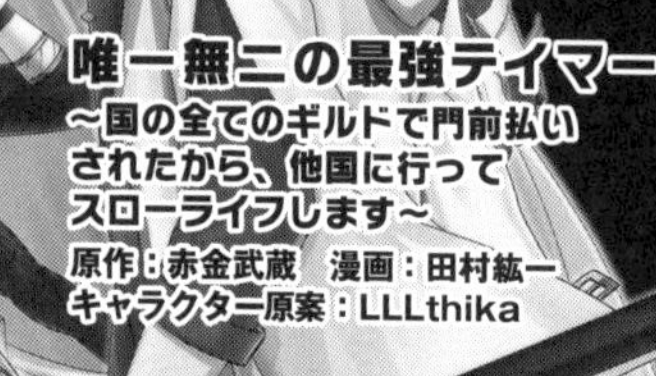

異世界還りのおっさんは終末世界で無双する
原作：羽々音色　漫画：ダンタガワ

ジャガイモ農家の村娘、剣神と謳われるまで。
原作：有郷　葉　漫画：たぢまよしかづ
キャラクター原案：黒兎ゆう

雷帝と呼ばれた
最強冒険者、
魔術学院に入学して
一切の遠慮なく無双する
原作：五月蒼　漫画：こばしがわ
キャラクター原案：マニャ子
どれだけ努力しても
万年レベル0の俺は
追放された
原作：蓮池タロウ
漫画：そらモチ
モブ高生の俺でも冒険者になれば
リア充になれますか？
原作：百均　漫画：さぎやまれん　キャラクター原案：hai

追放された付与魔法使いの成り上がり２
～勇者パーティを陰から支えていたと知らなかったので戻って来い？【剣聖】と【賢者】の美少女たちに囲まれて幸せなので戻りません～

2024年3月25日　初版発行

著　者	蒼月浩二
発行人	山崎　篤
発行・発売	株式会社一二三書房 〒101-0003 東京都千代田区一ツ橋2-4-3 光文恒産ビル 03-3265-1881
編集協力	パルプライド
印刷所	中央精版印刷株式会社

ISBN 978-4-8242-0143-0 C0193